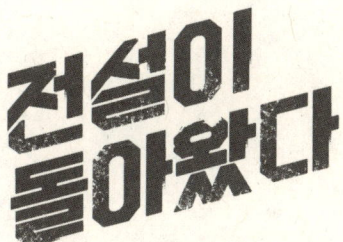

초판 1쇄 인쇄일 2016년 9월 20일 | **초판 1쇄 발행일** 2016년 9월 22일

지은이 발칸레이븐 | **펴낸이** 곽동현 | **담당편집 팀장** 이범수
편집부 신연제 이윤아 홍현주 김유진 임지혜

펴낸곳 (주)조은세상 | 출판등록 제 2002-23호
주소 경기도 연천군 미산면 청정로 1355
TEL 편집부 02)587-2966 | FAX 02)587-2922
e-mail bukdu@comics21c.co.kr

ⓒ발칸레이븐 2016
ISBN 979-11-5832-653-1 | ISBN 979-11-5832-549-7(set) | 값 8,000원

※잘못 만들어진 책은 바꿔 드립니다.
※저자와의 협의에 의해 인지는 생략합니다.

발칸레이븐 현대 판타지 장편소설

전설이 돌아왔다 ⑥

CONTENTS

NEO MODERN FANTASY STORY

Part 125 : 오월동주 ··· 7

Part 126 : 파멸 ··· 19

Part 127 : 전쟁 그 이후 ··· 31

Part 128 : 지상으로 ··· 43

Part 129 : 김한석 ··· 55

Part 130 : 이주성 ··· 67

Part 131 : 이니지 ··· 78

Part 132 : 주작 클랜 ··· 90

Part 133 : 블랙 바이퍼 ··· 102

Part 134 : 블랙 바이퍼 (2) ··· 113

Part 135 : 징벌 (1) ··· 125

Part 136 : 징벌 (2) ··· 138

Part 137 : 김주아 ··· 150

CONTENTS

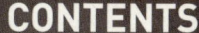

Part 138 : 식량난 ... 162

Part 139 : 삼합회 ... 173

Part 140 : 김주찬 (1) ... 185

Part 141 : 김주찬 (2) ... 197

Part 142 : 천사 ... 209

Part 143 : 스킨헤드 ... 221

Part 144 : 리바이벌 ... 233

Part 145 : 지상세계 ... 245

Part 146 : 친구 ... 257

Part 147 : 참치캔 ... 269

Part 148 : 각성 ... 281

Part 149 : 재회 ... 293

Part 125 : 오월동주

전쟁이 벌어지는 곳과 거리가 한참 먼 후방이다. 이런 곳에 갑자기 인섹트 무리가 나타날 것이라곤 생각지도 못한 일이었다.

부우우웅……

모습을 드러낸 인섹트는 곧바로 후송대를 습격했다. 두 쌍의 날개로 일제히 날아올라서 몰아치듯 토글의 신도를 덮치기 시작한다.

우드드득!

인섹트는 그 특유의 날카로운 앞 턱으로 상대의 목줄을 끊어버린다.

"으아아악!?"

좁은 협곡은 순식간에 비명으로 가득 찼다. 인섹트에 대항하기엔, 수송대의 수가 너무 적었거니와 생각지도 못한 야습이다. 열 배가 넘는 인섹트 병력이 혼란에 빠진 적들을 괴멸시키는데는 오랜 시간이 걸리지 않았다.

"으으……."

마지막 생존자인 오레드는 어떻게든 살아남기 위해서 땅바닥을 기었다. 하지만 그의 노력에도 불구하고 인섹트 하나가 그의 길을 가로막는다.

"키리리리릭……."

차가운 냉기가 목덜미를 스쳐지나가는 것을 느끼며, 오레드는 두손을 내저었다.

"아… 안 돼."

인섹트의 날카로운 앞발이 위로 치켜지고, 그것은 오레드의 두 눈에 고스란히 비쳤다.

그리고…,

콰직!

끔찍한 파육음과 함께, 그의 생명은 꺼지고 말았다.

⚜

토글의 후송대가 괴멸되었다. 수풀 사이에 숨어 그것을 지켜보던 세 명의 인물이 있었다.

"빠져나간 이는 없었지?"

큰 키에 중년의 데빌이 말한다. 그의 이름은 타이건, 바 캄의 눈에서 뛰어난 활약을 펼치던 요원이었으나 지금은 테실과 루시아와 함께 작전을 펼치고 있다.

그는 강혁준의 직속 부하로서 많은 일을 도맡아하고 있었다.

질질…….

멀지 않은 곳에서 테실이 걸어 왔다. 그의 손에는 머리가 쪼개진 시체가 들려 있었다. 나름 재빠르게 도망간 토글의 신도지만, 테실의 도끼는 피하지 못한 모양이다.

털썩.

시체 더미 위에 그것을 던진 테실이 말했다.

"물론이지. 하하핫."

그는 피를 머금은 도끼를 자랑스럽게 바라보며 말을 이었다.

마지막으로 비행 마법으로 하늘 높이 떠 있던 루시아가 지상으로 안착했다. 그녀의 손에는 지배의 홀이 들려 있었다. 기분나쁘게 꿈틀대는 심장처럼 생긴 그것은 인섹트를 통솔할 수 있는 아이템이었다.

그것이 있었기에 수 많은 인섹트가 루시아의 명령에 따라서 후송대를 습격한 것이다.

"루시아."

"넵."

"이제 저거만 마무리하면 되겠는 걸?"

타이건이 가리킨 것은 후송대가 끌고온 막대한 보급품이었다.

그녀는 지배의 홀을 들어서 인섹트에게 명령을 내린다. 인섹트는 부지런한 일꾼이 되어서 보급품을 한 자리에 모두 모으기 시작했다.

"자! 모두 비키세요."

루시아가 마력을 끌어낸다. 이윽고 그녀의 두손에서 뜨거운 화염이 뿜어져 나왔다.

화르르륵……

보급품은 금세 타오르기 시작한다. 모두 타려면 시간이 필요하겠지만, 이로서 확실히 적의 보급을 끊은 것이다.

"일단의 성공인가?"

"일이 너무 쉬워. 나도 앞에서 싸우고 싶었는데."

테실은 몸이 근질거리는지 투덜대며 말했다. 루시아는 고개를 절레절레 흔들었다.

"쉽다고 절대 경거망동해서는 안된다구요. 강혁준님이 누차 이야기 하셨잖아요!"

"알았어. 루시아. 너무 화낼 필요는 없잖아."

테실은 쩔쩔 맨다. 처음에는 귀여운 소녀라고 생각했건만, 지금에 와서는 작전을 이끄는 사령관이나 다름없다.

물론 테실은 그 점에 대해서 하나도 섭섭하지 않았다. 똑 부러지고 꼼꼼한 성격이기에 오히려 일을 맡길만하다고 여기는 것이다.

"이로써 놈들은 쫄쫄 굶게 되겠군."

불타서 사라지는 보급품을 바라보면서 타이건이 중얼거렸다. 다음 호송대는 더 많은 병력이 동원될 것이다. 하지만 그 사이에 본대는 생각지도 못한 기아를 겪게 될 것이다.

⚜

토글의 본진.

아고르는 패잔병을 모아서 다음 전투를 준비하고 있다. 많은 병사가 희생당했지만, 그는 포기하지 않았다. 아니 포기할 수 없었다.

사랑하는 두 명의 자식을 전장에서 잃어버리고 말았다. 그는 무슨 일이 있어도 복수를 할 것이라고 천명했다.

하지만 현실은 그의 의도와는 다르게 흘러가고 있었다.

"데미갓이시여…"

시크닝 원 하나가 다가와서 보고를 올린다. 그의 표정은 매우 어두웠다.

"무슨 일이냐?"

"그것이…… 쌓아둔 식량이 다 되어가고 있습니다."

"내가 알기로 보급이 곧 도착하는 것으로 아는데?"

"그것이…."

눈치를 보는 시크닝 원. 하지만 사실을 숨긴다고 상황이 나아질 리가 없다. 그는 이내 이실직고 했다.

"호송대가 적의 습격을 받았습니다. 살아남은 이는 하나도 없으며, 필요한 보급품은 모조리 불타고 말았답니다."

"뭐… 뭣이라?"

그것은 청천벽력 같은 이야기였다.

"죄… 죄송합니다. 데미갓이시여."

따지고 보면 불가항력적인 일이다. 하지만 시크닝 원은 아르고의 분노에 몸을 떨었다. 그의 강력한 힘은 그의 주변에 영향을 미치고 있었다.

"아버님, 고정하십시오."

그의 아들이 와서 말린다. 이러다가 한 바탕 주변이 초토화될 것처럼 보였기 때문이다.

"크으으으……. 강혁준 네 이노옴!"

아르고는 이를 갈면서 소리쳤다. 애머른의 집정관이 아니라면 이런 더러운 수법을 사용할 자가 없다. 문제가 있다면 범인은 누구인지 알지만, 마땅히 단죄할 방법이 없다는 것이다.

오히려 먹을 것이 떨어져가는 지금, 전쟁을 수행할 능력 자체가 사라지고 있는 것이다.

"꿀꺽……."

그 자리에 있던 아르고의 부하들은 서로 눈치만 살펴본다. 제대로 생각이 박힌 자라면, 더 늦기 전에 후퇴를 하는 것이 옳다. 아무리 강병이라 할지라도 굶주리면서 싸울 수 없는 것이 사실이다.

다만 그러기에는 아르고의 분노가 너무 깊다.

그 때, 아르고의 아들이 한 가지 방법을 제시했다.

"아버지시여. 저에게 좋은 방법이 있습니다."

마냥 화만 낸다고 문제가 사라지는 것은 아니다. 아르고는 귀를 열어두고 말했다.

"말하거라. 아들아."

"네. 우리에게 아직 동맹군이 있습니다. 그들에게서 식량을 빌리면 됩니다."

잠시 생각을 마친 우르고가 소리쳤다.

"슬라쉬! 그 간악한 무리를 말하는 것인가? 그들이 제때 도와주러 왔다면, 내 아들을 잃지는 않았을 것이다."

순식간에 얼굴이 다시 붉어진다. 그 때를 생각하면 속에 천불이 나는 듯 했다. 하지만 아들은 계속 설득했다.

"저 역시, 그들이 밉습니다. 하지만 우리의 주적을 생각해야 합니다. 멀지 않은 곳에 애머른이 주둔하고 있습니다.

그들이 우리 사정에 대해서 알게 된다면, 남은 것은 파멸뿐입니다."

아르고는 이를 악물었다. 하지만 그의 말은 틀린 곳이 없었다.

"후… 알았다."

"잘 생각하셨습니다. 슬라쉬 역시 우리의 요청을 거절하지는 못할 겁니다."

그의 말은 틀리지 않았다. 이런저런 이유로 두 세력 사이가 틀어지기는 했다. 애머른이 건재하지 않았다면, 이미 둘 사이에 전투가 일어났을지도 모른다.

하지만 아르고는 겨우 인내심을 발휘했고, 그런 사단까지는 발생하지 않았다.

"그럼 누가 가겠는가?"

아르고는 그렇게 물었다. 현 상황에 대해서 설명하고 보급품을 빌려올 사신이 필요하다.

그 자리에 있던 부하들은 서로의 얼굴을 바라본다. 앞으로 나선 이는 데미갓인 아르고의 아들이었다.

"제가 직접 가겠습니다. 슬라쉬는 우리의 축복을 두려워하고 있지요."

시크닝 원이나 그의 부하들은 역병 덩어리다. 아무리 조심한다 할지라도 토글의 신도를 가까이 하는 것을 극도로 꺼려한다.

하지만 데미갓은 그 역병의 기운을 마음대로 조절할 수가 있었다. 그렇기에 슬라쉬도 아무런 부담 없이 그를 사신으로 받아들일 수 있었다.

그리고 무엇보다 데미갓 정도는 되어야 그 말에 무게가 실린다. 슬라쉬의 비겁한 행동으로 형제를 잃어버린 그의 말이라면, 슬라쉬도 절대 경시하지 못할 것이다.

"알았다. 아들아. 너에게 부탁하마."

일이 그렇게 정해지고, 우르고의 아들인 데미갓은 빠르게 자리를 떴다. 급박한 식량 문제를 해결하기 위해서 일분일초도 낭비할 수 없었다.

⚜

데미갓은 그 자체로 눈에 띄는 존재다. 막대한 신력과 그 커다란 덩치는 멀리서도 목격할 수 있다.

비행형 데몬을 타고 주변을 정찰하던 스카이워커는 곧이어 데미갓이 급하게 이동하는 것을 보았다.

"새끼 새가 드디어 둥지를 떠났군."

스카이워커에게 초계임무는 자주 내려지는 명령이었다. 하지만 요근래처럼 빡빡하게 정찰을 한 적이 없었다.

강혁준은 직접 스카이워커에게 와서 이런 명령을 내렸다. 혹시라도 부대 밖으로 빠져나가는 소규모 병력이나 데미갓을 주시하라고.

여태까지 그 이유에 대해서는 몰랐다. 무엇보다 데미갓이 홀로 부대를 떠나는 일은 없을 것이라 여기었다.

허나 강혁준의 예언처럼 데미갓이 급히 이동을 하는 모습이 포착되었다.

'얼른 보고를 해야 해! 당장 귀환한다.'

곧바로 기수를 돌려서 도망가는 스카이워커.

그 시각.

데미갓 역시 멀리 있는 스카이워커를 목격했다. 굳이 따라가서 그 스카이워커를 죽일 수 있었지만, 그러지는 않았다.

지금 맡겨진 일이 훨씬 중요하기 때문이었다. 그는 얼른 걸음을 재촉했다.

⚜

슬라쉬에는 따로 데미갓이 없다. 대신 슬라쉬 사회에는 가문을 대표하는 대모가 있다. 모계 사회에서 대모는 비록 데미갓에 비하면 손색이 있지만, 그래도 막강한 권능을 지니게 된다. 게다가 다른 세력의 몇 안되는 데미갓에 비해서 대모는 그 숫자가 훨씬 많았다.

슬라쉬의 본진에는 열 셋의 큰 가문과 난잡할 정도로 작은 가문이 난립한 상태였다. 일단 하나의 군대로 모이긴 했지만, 일원화된 체계는 찾아보기 어려웠다.

하나의 문제를 결정할 때에도 오랜 시간이 걸렸고, 이래저래 빈틈이 많은 군단이라고 볼 수 있었다.

그 시각.

주요 세력이라고 할 수 있는 13의 대모가 한 자리에 모여 있었다. 회의의 주제는 파탄난 아르고와 다시 관계를 회복하는 것이었다.

슬라쉬가 원했던 것은 애머른과 아르고의 군대가 양패구상하는 것이다. 요새들어 너무 막강해진 토글의 군단을 견제하기 위한 하나의 수단이었다.

다만 그 노림수는 완전히 어긋나고 말았다. 양패구상은커녕 애머른이 완전한 승리를 거두고 말았던 것이다.

그 덕분에 애머른의 군단은 건재한 반면에 아르고에게 쓸데없는 원한을 사고 말았다. 그리고 지금, 그 점에 대해서 서로에 대해서 책임을 떠넘기고 있었다.

"이제 어쩌면 좋나요? 우리가 미적거리고 함께 싸우지 않은 덕분에, 토글과의 동맹은 완전히 무너지기 직전이네요."

부채로 입을 가린 베사르 대모가 현실을 꼬집었다. 그러자 맞은 편에 있던 타다린 대모가 맞받아쳤다.

"이보세요. 얼마 전만 하더라도 좋은 생각이라면서 동조한 이는 누군가요? 베사르 당신이 아닌가요?"

말에 날이 서 있다. 존대말만 하고 있다 뿐이지, 상호존중과는 거리가 먼 발언이었다.

Part 126 : 파멸

 회의는 진행하고 있지만, 반목만 더 심해진다. 결국 이렇다 할 결론은 전혀 내리지 못한 채로 회의가 마무리되어 가고 있었다.

 그런 와중에, 슬라쉬 하나가 급히 회의실에 들어온다. 그는 부복을 한 다음에 입을 열었다.

 "미천한 종이 보고드립니다. 토글 진영에서 사신이 도착했습니다. 대모님과 직접 만나고 싶다고 합니다."

 대모들의 표정은 대번에 찡그려졌다.

 "그 역겨운 놈들이 왔다고?"

 "할 이야기가 있으면 편지로 알리라고 해라."

 반응이 모두 좋지 않다. 혹시라도 역병이라도 옮기면,

고치는 것도 쉽지 않다.

"그것이…… 데미갓이 직접 오셨습니다."

슬라쉬의 말에 모두 벙찐 표정이 되었다.

'이거 곤란하게 되었네.'

'분명 추궁을 할 것이 뻔한데. 뭐라고 변명을 해야하지?'

그러다가 한 명의 대모가 말했다.

"먼 길을 오시느라 여독이 쌓였을 것이다. 독대는 내일 하겠다고 전하거라."

상대를 배려하는 것처럼 보이지만, 그 속뜻은 완전히 반대였다. 어떻게든 시간을 벌려는 속셈일 뿐이다.

"하아…… 결국 일이 이렇게 되다니."

"데미갓이라면 마냥 무시할 수도 없어요."

"좋은 방안이 없습니까?"

시간만 헛되이 지나갈 뿐 별다른 해답이 나오지 않았다.

"대모께서 먼길 오셨을 것이니 일단 지친 여독부터 푸실 수 있게 조치하라 하셨습니다. 부디 필요하신 점이 있으시면 저에게 말해주십시오."

현재 상황이 마음에 들지 않는다. 이제와서 만나기를 거부하는 이유가 뻔하기 때문이다. 하지만 그는 일단 참을성을 보였다.

전쟁에 승리하기 위해서는 두 세력의 동맹이 필수다.

'지금은 참아야 한다.'

형제의 복수를 갚기 위해서 그는 한번 더 인내심을 보였다.

"알았다. 하지만 내일 일찍 찾아간다고 대모들에게 전해라."

"알겠습니다."

먼저 갖가지 만찬이 등장했다. 손님 대접을 한답시고 성의를 보이는 것이지만, 데미갓은 마음에 들지 않았다.

식사를 하는둥 마는둥, 그렇게 시간이 흘렀다. 야심한 시각이 되어 경계를 서는 병사를 제외하고 모두 잠든 시각이었다.

데미갓은 하는 것 없이 뜬 눈으로 밤을 지새우는 중이었다. 신격을 획득한 이후, 잠을 잘 필요가 없어졌기 때문이다.

"음?"

멀지 않은 곳에서 기척이 느껴진다. 상대는 곧바로 이곳을 향해 걸어오고 있고, 경비를 서는 병사들은 불청객의 방문을 전혀 눈치채지 못하고 있었다. 마치 투명인간이라도 되는 것처럼.

'허어… 이상하군.'

데미갓은 알 수 없는 불안감을 느꼈다. 이윽고 그 불청객이 모습을 드러냈다.

"누구냐?"

데미갓은 대뜸 불청객에게 물었다. 아름다운 미모의 소유자였는데, 두꺼운 옷으로 몸을 감싸고 있었다. 이내 그녀가 온화한 미소를 지었다.

"제 이름은 미스트라라고 해요."

"이름은 중요하지 않다. 이곳에 온 목적을 말하라."

딱 봐도 슬라쉬는 아니었다. 그 특유의 뿔이나 꼬리가 보이지 않았기 때문이다.

"저에 대해서 모르시는 모양이군요."

"당연하다."

"그럼 이렇게 하면 아시려나?"

두꺼운 옷을 벗어제끼기 시작한다. 그리고 등 뒤에 드러난 것은 하얀 날개였다.

"너… 너는?"

"네. 맞아요. 당신의 동생이 아마 저에게 죽임을 당했지요?"

막내가 죽던 그날.

데미갓은 멀리서 그 장면을 보았다. 동생을 살해한 인물에 대해서 아는 점은 하얀 날개를 가진 여자라는 점이었다.

그리고 지금 그 특유의 하얀 날개를 보는 순간, 동생을 살해한 자가 바로 눈앞의 그녀라는 것을 알아차릴 수 있었다.

"나도 죽이려고 온 것이렸다?"

"미안해요."

그녀의 육체는 가녀리고, 반면 데미갓은 곱절로 크다. 하지만 그는 긴장의 끈을 놓을 수 없었다. 상대는 데미갓을 죽인 전적이 있는 여자다.

"대신 고통스럽지 않게 해드리죠."

하얀 날개가 펼쳐진다. 그리고 놀랍게도 앞으로 육탄 돌격을 하는 미스트라.

황망한 가운데도 데미갓은 자신의 능력을 발휘했다. 그의 몸은 순식간에 단단한 금강석으로 화하기 시작했다.

왠만한 마법이나 물리 공격에는 미동도 하지 않는다. 그는 자신의 능력에 한 점의 의심도 품지 않았다.

'그녀는 암살자에 불과하다. 시간만 끈다면, 나머지 슬래쉬들이 도와주러 올 것이다.'

그것이 그의 계획이었다. 물론 미스트라와 1:1로 싸운다는 선택지도 있었다. 하지만 그런 위험한 도박을 하기에는 그의 어깨에 짊어진 짐이 너무 많다.

"……."

빠르게 날아온 그녀는 가볍게 데미갓을 스쳐지나간다.

"응?"

무시무시한 공격이라도 펼쳐질 것이라고 생각했다. 하지만 미스트라는 딱히 아무런 공격을 하지 않았다. 그저 가볍게 어루만지고 지나갔을 뿐이다.

'대체 뭘하려는 수작이지? 내 동생이 이런 허접한 수에 당했을 리가 없을 텐데?'

그런 의문이 오가는 와중이었다. 데미갓은 미스트라와 눈을 마주쳤다.

그리고….

데미갓의 입에서 영혼이 빠져나오기 시작했다.

"어어엉어얽…."

그것은 불가항력적인 것이었다. 미스트라가 가진 영혼조작 능력은 그저 가볍게 터치하는 것만으로 목숨을 앗아가는 것이다.

털석-

결국 막중한 임무를 맡은 데미갓은 슬라쉬의 본진에서 차가운 시체가 되고 말았다. 그녀는 마법을 이용해서 그의 목을 베었다. 이른바 수족을 챙긴 것이다.

미스트라는 바닥에 떨어진 옷을 다시 입었다. 그리고는 아무 일이 없었다는 듯이 그곳을 빠져나왔다. 제법 소란이 있었지만, 아무도 그것을 알아차린 이는 없었다.

이번 암살을 위해서 그녀는 이미 주변에 있던 병사들을 모두 꼭두각시로 만든 이후였다.

치명적인 암살자는 죽음만 남기고 그곳을 조용히 떠났다.

⚜

다음 날.

슬라쉬 진형이 발칵 뒤집어졌다. 하룻밤새에 데미갓이 암살을 당한 것이다. 그것도 목이 사라진 채로.

"맙소사. 대체 어떻게?"

"누구의 소행인가? 당장 범인을 밝혀라."

뒤늦게 조사를 해보았지만, 범인이 짠하고 나타날 리 만무하다. 결국 시간을 헛되이 보낼 뿐이다.

"이거 큰 일입니다"

"대체 누가 이런 멍청한 일을 저지른 거죠?"

"설마 우리들 중에서 데미갓을 암살했다고 보는 건가요?"

"하! 차라리 데미갓을 암살할만한 힘이 저에게 있으면 좋겠군요. 그렇다면 예전에 정적들을 매우 쉽게 제거했을 텐데."

"농담하지 마시죠. 이득이 없는 일을 왜 합니까?"

서로 고성이 오간다. 벌어진 일은 너무나도 어마어마한데, 그것을 수습할 능력은 아무도 없었다.

"이 일을 알면, 아르고는 우리를 의심할 겁니다."

의심이 아니라 곧바로 군대를 데리고 진격할 것이다. 공동의 적을 두고 동맹군끼리 서로 싸움을 벌이는 것이다.

"무신론자들이 박수를 치며 즐거워하겠군요."

"혹시……."

대모들은 그제서야 사태가 어떻게 돌아가는지 알아챘다. 이번 사태로 제일 이득을 보는 자는 깊게 생각하지 않아도 단번에 누구인지 나온다.

"애머른. 그 가증스러운 놈들이."

"암살자는 분명 그들이 보내었을 겁니다."

"하지만 어떻게 그것이 가능하죠? 저는 이해가 안 돼요."

모두 패닉에 빠졌다. 그러다가 대모 하나가 입을 열었다.

"우리는 실패했어요. 적의 음모에 완전히 빠졌다구요."

"……."

"거미줄에 빠진 것은 우리 슬라쉬에요. 본국으로 돌아갑시다. 그리고 다시 힘을 키워야 해요. 지금 이러다가는…."

그는 말을 잊지 못했다. 왜냐하면 비명과도 같은 보고가 뒤따랐기 때문이다.

"대모시여, 큰 일이 일어났습니다. 우리의 동맹군이었던 아르고의 군단이… 이곳을 향해서 맹렬하게 진격하고 있습니다."

"뭐시라?"

"그들의 의도는 분명합니다. 그 어떤 대화도 하지 않고, 그들은 척후병을 살해했습니다."

모두의 염려는 현실로 이루어졌다. 더 이상 두 군단은 동맹이 아니었다. 아니 이제는 같은 하늘을 이고 살 수 없는 원수가 되어버렸다.

⚜

"내 아들아……."

아르고는 실성한 표정으로 중얼거렸다. 그의 손에는 잔혹하게 살해당한 수족이 놓여져 있었다.

"미안하구나. 이럴 줄 알았으면 무슨 일이 있어도 너를 보내지 않는건데."

세 아들 모두 사랑하는 이였다. 하지만 이젠 아무도 남지 않았다. 그의 마음은 금세 공허한 암흑으로 가득차버렸다.

"하지만…… 너의 복수는 무슨 일이 있어도 해주마."

무의미하든 유의미하든 아르고에게 남은 것은 복수뿐이다. 그리고 그의 첫 타겟은 바로 가증스런 슬라쉬 무리였다.

'그래. 그들은 처음부터 애머른이랑 한통속이었어.'

논리적인 사고방식은 아니다. 조금만 생각해보면 무언가 이상하다는 것은 눈치 챌 수 있었다.

'무슨 일이 있어도 그 년들을 용서할 수 없다!'

하지만 분노는 그러한 생각을 모조리 집어삼켰다. 그에게 남은 것은 피의 복수뿐이었다.

"죽여라! 네 년들에게 남은 것은 죽음뿐이다."

아르고의 군단은 가열차게 공격을 시도했다. 예상치 못한 공격에 슬라쉬는 연신 뒤로 밀렸다.

"잠깐만. 아르고! 당신 지금 무언가 착각을 하고 있어요."

대모 유가는 큰 소리로 외쳤다. 어떻게 해서든 대화를 통해서 지금의 사태를 풀어나려고 한 것이다.

"오냐. 너 잘 걸렸다."

아르고는 적의 수뇌부를 발견하자 기쁨의 탄성을 질렀다. 여태까지 그의 손에 죽은 슬라쉬 숫자는 수백에 당한다. 하지만 그런 조무래기는 아무리 죽여도 분이 풀리지 않는다.

부우우웅……

그는 단번에 플레일을 후려친다.

"허억……"

대모 유가는 놀라서 몸을 뒤로 뺀다. 동시에 다크 매터를 일으켜서 몸을 보호하려고 했다.

푸지지직….

유가의 힘이 약한 것은 아니었다. 하지만 대화를 시도하려고 너무 가까이 간 것이 패착이었다. 다크매터는 순식간에 찌그러졌다. 그리고 플레일이 그녀의 육체를 집어삼켰다.

으그적!

살과 뼈가 단번에 짖이겨진다. 마치 더운 여름날에 모기를 손으로 내려친 것 같다. 붉은 액체가 바닥을 적시고 있지만, 그 형체는 알아보기 힘들었다.

"하하하하!"

광기에 가득찬 음성이 전장을 뒤흔든다. 나머지 토글의 신도들도 공격의 고삐를 늦추지 않았다.

"이런 멍청한 놈들."

"하는 수 없다. 마법으로 적을 물리쳐라."

대모들은 뒤늦게 명령을 내렸다. 그들은 더 이상 동맹군이 아니었다. 눈 앞의 적을 죽이지 않으면 자신의 목숨이 사라진다.

피를 피로 씻는 전투가 이어졌다.

화르르륵…….

콰콰쾅!

곧이어 화려한 마법이 펼쳐진다. 선제 공격을 허용했지만, 적어도 병력을 유지하고 있던 쪽은 슬라쉬였다.

하지만 그 우세는 미세했다.

"내 몸이…"

"우웨에에엑……."

전방에 있던 슬라쉬가 하나둘씩 역병에 감염되기 시작했다. 막강한 화력전으로 보았던 이득은 금세 동률을 유지하게 되었다.

시간이 갈수록 전투는 점점 치열해져만 갔다. 슬라쉬와 신도들의 사체가 대지를 가득 매우는 것도 모자라 언덕이 되고 산이 되기까지, 겨우 한나절이 걸렸을 뿐이다.

Part 127 : 전쟁 그 이후

"박 터지게 싸우는군."

멀리서 전쟁을 지켜보던 강혁준이 말한다. 그러자 옆에서 그것을 지켜보던 모슬헨이 거들었다.

"그렇군요. 헌데 둘 사이를 이간질 시킨 사람은 바로 매형이지 않습니까?"

모슬헨이 말한대로 지금 사태를 일으키게 만든 장본인은 강혁준이었다.

"아군의 피해를 최소화하기 위한 수법을 찾은 것뿐이지. 그리 대단한 일도 아니야."

강혁준은 그렇게 말했다. 사실 강혁준은 정정당당한 싸움을 추구한다. 하지만 4대 악신과의 전쟁을 그렇게 할 수는 없었다.

전력이 압도적으로 차이나기 때문이다. 그래서 강혁준은 이길 수 있는 온갖 꼼수와 전술을 사용한 것이다.

"얼마 있지 않으면 판가름나겠군."

강혁준의 말대로 두 세력간의 싸움은 끝을 보이고 있었다.

"그렇군요. 아무래도 슬라쉬가 승리를 할 듯 보입니다."

모슬헨의 말대로 아르고와 그의 군대는 점점 지쳐가는 것처럼 보였다. 애머른의 군단에 의해 한번 일격을 당한 토글의 군단이다.

절름발이 군대로 슬라쉬를 이긴다는 것은 처음부터 불가능한 것이었다. 다만 아르고가 가지고 있던 분노가 싸움을 팽팽하게 이끈 것이 분명했다.

콰콰콰쾅!

강력한 마력이 전장을 휩쓴다. 평소에 대모들은 서로 헐뜯기 바쁘다. 하지만 지금은 단 하나의 적을 쓰러뜨리기 위해서 힘을 합쳤다.

후우우우……

바람이 한 차례 불었다. 검은 연기에 가려졌던 전장이 다시 드러났다.

"크으으으……."

상처로 뒤덮인 야수를 본적이 있는가?

바로 지금 고고이 허리를 펴고 서 있는 아르고의 모습이 그러했다. 지금 그는 대모 8명을 비롯한 대 마법사 슬라쉬 30명과 혈투를 벌이고 있었다.

슬라쉬의 특성상 그 정도 인원이 힘을 합쳐서 마법을 사용하면, 곱절의 위력을 쏟아낸다. 헌데 아르고는 그런 마법을 직격으로 맞고도 버텨낸 것이다.

"네 놈들… 절대로 용서 못한다!"

아르고는 있는 힘껏 신격을 끌어 모았다. 절대적인 힘 그 자체가 벌려진 입으로 토해졌다.

콰콰콰콰!

아르고의 필살기라 할 수 있는 브레스였다. 흑색의 숨결이 순식간에 슬라쉬 진영을 강타한다.

"으아아아아……."

단번에 많은 수의 병력이 찢겨져 나간다.

"아직도 저런 힘이 남아있다니……."

"아아…… 내 가문이 무너지고 있어."

피해는 엄청났다. 처음에는 대화로 지금의 오해를 불식시키려고 했다. 하지만 아르고와의 대화는 성립자체가 되지 않았다.

처음에는 손속에 자비를 두던 슬라쉬들도 점점 강대한 마법을 사용하기 시작했다. 그 이후로 사태는 지금처럼 흘러간 것이다.

"쿨럭……."

제대로 일격을 먹인 아르고였건만, 더 이상 자세를 유지하지 못하고 그 자리에서 무릎을 꿇는다.

'후우후우…….'

마음 같아서는 더 싸우고 싶었다. 다만 현실은 냉혹했다. 신력은 고갈되었으며, 몸은 피폐해져 갔다. 그리고 그 사실은 누구보다 아르고가 잘 알고 있었다.

오히려 적을 하나라도 더 죽이지 못한 것이 못내 안타깝다.

퍼펑!

브레스에 의해 주춤한 것도 잠시, 슬라쉬의 반격이 펼쳐졌다.

아르고가 가진 마법 저항은 현저히 높다. 하지만 가랑비에 옷이 젖듯이 그것은 돌이킬 수 없는 치명상으로 발전했다.

울컥…….

검은 피를 한바탕 쏟아내는 아르고.

털썩….

거인이 바닥에 쓰러진다. 하지만 슬라쉬는 절대 경거망동하지 않았다. 그의 손에 죽은 동료가 너무 많은 탓이다.

이미 아르고의 목숨이 끊어졌음에도 불구하고 한동안 마법 폭격은 끊이지 않았다.

수장이 쓰러지자, 나머지 토글의 신도는 더 이상 싸울 여력을 내지 못하고 뿔뿔이 흩어지기 시작했다.

⚜

"좋아. 지금이다."

강혁준과 그의 병력은 근처에서 매복을 하고 있었다. 그것이 가능했던 이유는 인섹트 덕분이었다. 수백만의 인섹트는 모두 땅을 파는데 능했다.

그 덕에 지하를 통한 암행이 가능한 것이다. 다만 진행 속도가 느린 것이 흠이었지만 말이다.

여튼 강혁준의 명령이 떨어지자, 지하에 숨어있던 병력들이 일제히 지상으로 나오기 시작했다.

"어어?"

"저들은?"

겨우 토글을 상대로 승리한 슬라쉬는 눈앞의 사태를 믿을 수가 없었다. 산 넘어 산이라고, 새로운 적이 나타난 것이다.

"다 쓸어버려!"

"죽어라."

토글과 피 터지게 싸우고 난 후였다. 마력도 바닥난데다가, 온 몸은 춥거나 뜨거웠다. 토글이 남겨준 역병덕분이다.

애머른의 군단은 적을 압도했다. 그 이후의 싸움은 너무 일방적이었다. 마치 다 큰 성인이 어른 아이의 팔목을 비트는 것이나 다름없었다.

"후… 후퇴하라."

"죽고 싶지 않아!"

상황은 극악으로 치닫고 있었다. 더 이상 싸워서 이긴다는 것은 불가능했다. 이대로 의미 없는 죽음을 맞이하는 것보다 뒷일을 도모하는 것이 옳다고 본 것이다.

"적들이 후퇴하고 있습니다."

애머른의 지휘관이 소리쳤다.

"생로를 열어줘라."

힘 없는 생쥐라 할지라도 막다른 길에 내몰리면 상대가 고양이라 할지라도 덤비기 마련이다. 그렇기에 일부러 길을 터준 것이다.

"으아아아악……."

도망치던 슬라쉬들의 등에 화살이 꽂혔다. 맞서 싸우려고 하지 않고, 그저 살아남기 위해 도망가 그들이다. 애머른의 군단은 그저 움직이는 과녁을 맞추는 것이 전부였다.

시간이 지날수록 슬라쉬는 거대한 제초기에 갈려나가듯이 수가 줄어들었다. 하지만 일부 병력은 전장을 빠져나는 것에 성공했다.

"강혁준님, 적의 병력이 전장을 이탈하고 있습니다."

"나도 알고 있다."

애머른의 군단은 잔당을 처리하느라, 남은 적을 추격하기에 용이하지 않았다.

"이미 수단을 마련해놓았다. 그저 눈 앞의 적에 집중해라."

"넵. 알겠습니다."

⚜

"살아남은 것인가?"

"크흐흑……."

그 많던 병력은 숫자가 급격히 줄어들어 있었다. 남은 병력을 모두 합쳐도 30만이 채 되지 않았다. 하지만 그들은 자신을 행운아라고 여기었다.

대부분의 전우는 방금 있었던 전장에서 뼈를 묻었기 때문이다. 그렇게 고향으로 돌아가려는데,

"캬오오오……."

데몬의 울부짖음이 들린다. 황망한 가운데 주변을 둘러보았다. 그리고 나타난 것은 놀랍게도 드라고니안들이었다.

비행형 데몬으로 변신할 수 있는 그들은 기동성이 뛰어나다는 장점이 있다. 그렇기에 적의 퇴로 앞에 미리 매복

할 수 있었고, 이 기동력은 기습전에서도 빛을 발했다.

"그의 말대로 '잘 차려진 밥상'이군."

술탄 아자니는 겁에 질린 슬라쉬를 바라보며 말했다. 처음 패잔병이 이곳으로 몰려갈 것이라고 들었을때만 해도, 믿기 어려웠다. 하지만 그게 무슨 대수랴? 아자니는 힘차게 명령을 내렸다.

"자! 적은 지치고 병들었다. 승산은 우리에게 있으니. 두려워말고 쳐라!"

그의 말이 끝나는 것과 동시에 드라고니안이 노도와 같이 밀어친다.

"아… 안 돼."

살았다고 생각했건만, 그것은 헛된 희망에 불과했다. 강혁준은 또 다른 덫을 설치하고 그들을 기다린 것이다.

뒤늦게 마법으로 반격을 가해보지만, 제대로 먹힐 리가 만무하다. 마력은 소비재다. 이미 전쟁에서 한바탕 소비한 마력이 다시 차오르는데에는 시간이 걸린다.

"크아아아악…"

단련된 전사인 드라고니안을 이겨내기에 슬라쉬의 육체는 너무나도 약했다. 금세 전쟁은 일방적인 살육극으로 변모했다.

"얼어 붙어라!"

새하얀 냉기가 드라고니안을 통째로 얼어버린다. 마법을

쓴 자는 살아남은 대모들이었다. 여신의 가호를 받은 이들은 마력이 바닥나도, 순식간에 회복할 수 있는 힘을 가졌다.

"쿠와아아아악."

하나를 죽이면 다른 자가 그 자리를 메꾼다. 비록 드라고니안이 소수 정예라고 하지만, 슬라쉬 진영에서 마법을 제대로 쓰는 숫자는 더욱 적다. 적어도 가문의 대모급이나 마법을 쓸 여력이 남아있기에.

으그적….

또 다시 마력을 일으키려는 찰나, 사각에서 다가온 드라고니안의 이빨이 그녀의 팔을 씹어버렸다.

"으아악!"

고통에 찬 비명이었다. 하지만 그녀를 지켜줄 호위는 이미 차가운 시체가 된 이후였다. 뒤이어 뛰어든 드라고니안은 대모의 목줄기를 물어 뜯었다.

"크흡."

치명적인 상처를 입었다. 더 이상 반항을 하지 못하고 권력의 정점이었던 대모는 차가운 시체가 되고 말았다.

술탄 아자니가 지켜보는 가운데, 슬라쉬는 실시간으로 해체되어 간다.

"끝인가?"

어비스를 지배하던 4대 세력이 이로서 모두 무너졌다.

새로운 시대의 지평은 무신론자들의 손아귀에 넘어간 것이다.

"나름 현명한 선택을 한 것일지도."

드라고니안은 애머른과 굳은 동맹을 맺었다. 그 당시에는 어쩔 없는 선택이었지만, 지금에 와서 생각하니 줄을 잘 고른 셈이었다.

⚜

전쟁은 끝이 났다.

결국 승리한 것은 애머른 측이었다. 물론 악신의 잔당은 많이 남아있다. 하지만 주력이 모두 꺾여진 와중에, 그들은 말 그대로 잔당에 불과했다.

수백만에 해당하는 군단이 진격하자, 남은 도시들은 너나 할 것 없이 백기를 내 걸었다. 악신의 시대는 가고 무신론자들의 시대가 새로 열린 셈이다.

반년의 시간이 쏜살같이 지나갔다. 전쟁의 피해는 금세 복구 되었다.

모든 것이 좋게 흘러간 것은 아니다. 갑자기 세력이 커진 탓에 여러 문제점이 드러났다.

첫 번째로 식민지의 통치가 제대로 이루어지지 않았다. 창칼에 의해서 굴복하는 척하지만, 대부분의 세력은 여전히 옛 영광을 그리워하고 있었다.

몇몇 세력은 힘을 모아서 반란까지 획책하고는 했다. 그럴 때마다 힘을 쓰는 이는 바캄의 눈이었다. 음모라는 것은 예방만 할 수만 있다면, 일개 중대만으로도 제압할 수 있기 때문이다.

"아르슬란과 베이폼의 반란이 제압되었습니다."

모슬헴은 올라온 보고를 강혁준에게 알려주었다. 애머른은 거대한 제국이 되었지만, 처리해야 할 일은 더 많아졌다.

"나머지는 자네가 알아서 처리하게."

강혁준은 전쟁 군주다. 그의 위력이 발휘되는 곳은 전장이었지만, 시대가 달라진만큼 그는 온갖 정무와 씨름을 하고 있었다.

"모슬헴. 이걸 봐봐."

강혁준은 처리한 문서를 가리켰다. 하지만 그 뒤편에는 그 곱절이나 될만한 일이 쌓여있었다.

"말단 공무원이 된 기분이야. 차라리 치고 박는 것이 오히려 그리워지니 말이야."

"그렇군요. 하지만 이걸 자초한 건 매형이지 않습니까?"

모슬헴은 미소를 지으며 말했다. 강혁준은 마음만 먹으면 편하게 지낼 수 있었다. 하지만 그는 그렇게 하지 않았다.

"그래. 내가 자초했지."

그 태생은 어비스와 거리가 먼 인간이었다.

처음 루카와 맺었던 계약은 문제 없이 해결했다. 악신은 사라졌으며, 어비스의 대부분 주민들은 더 이상 악신에 의해 삶이 좌우되지 않았다.

강혁준도 소기의 목적을 달성했다. 시간에 맞추어 포탈을 열고 지상으로 돌아가면 그만이었다.

하지만…….

"이거 누님에게 전해주십시오. 임산부에게 참 좋답니다."

모슬헨은 몸에 좋은 약재를 건네며 말했다.

Part 128 : 지상으로

"고마워."

모슬헨의 선물에 강혁준은 정말로 고마워했다.

"그나저나 정말 놀랐습니다. 전쟁이 끝나자마자 입덧을 그리 심하게 하실 줄이야."

"그러게 말이야."

전쟁이 끝나던 날.

루카는 갑자기 구역질을 하기 시작한 것이다. 처음에는 식사를 잘못했나 싶었는데, 의사에게 진찰을 받아 본 결과 모두가 놀란 이야기가 전해졌다.

'임신입니다.'

의사는 담담하게 말했다. 하지만 그 여파는 엄청난 것이었다.

'내가 아버지가 된다고?'

어안이 벙벙하다는 것을 그 때 처음 느꼈다. 처음에는 정신이 없다가, 이내 기이한 감정이 몸을 가득 채웠다.

모두가 그에게 축하 인사를 건넨다. 그러다가 혁준과 루카는 서로 눈을 마주쳤다.

혁준은 그녀에게 다가가 손을 잡아주었다. 그리고 그녀에게 속삭이듯이 말했다.

'고마워. 정말……'

강혁준은 그녀의 이마에 가볍게 키스를 하고 안아주었다.

"흠흠……"

강혁준은 잠깐 그 때를 회상하고는 짧게 헛기침을 했다. 너무 기쁜 나머지 많은 사람들이 보는 앞에서 애정 공세를 하고 말았다.

"저는 매형이 그렇게 팔불출일지는 몰랐습니다."

모슬헨은 흐뭇한 표정을 지으며 말했다.

"흰 소리 그만하고, 일 해야 하니까 방해하지 말고 얼른 가버려."

"알겠습니다."

모슬헨은 인사를 하고 집무실을 빠져나간다.

본래 강혁준의 목적은 악신의 준동을 막는 것 뿐이다.

하지만 루카와 결혼을 하고, 아이까지 얻자 생각이 바뀌게 되었다.

여태까지 애머른과 어비스는 이용하기 편한 수단이라고 생각했다. 하지만 그에게 있어서 루카와 뱃속의 아이는 그 무엇보다 가치 있는 존재가 되고 말았다.

그 이후, 강혁준은 많은 일을 도맡아 진행하기 시작했다. 그저 군림하는 것이 아니라, 진정으로 어비스의 주민을 위해 선정을 베푸려고 한 것이다.

그러기 위해 많은 노력이 들었지만, 강혁준은 스스로 그렇게 하고 싶었다. 이곳에 그의 후손이 태어난다면, 조금이나마 더 좋은 환경을 만들어주고 싶었기에.

"후우……."

어느덧 시간이 제법 지났다. 급한 일은 그런대로 처리했다. 강혁준은 자리에 일어나서 외투를 걸쳤다. 그리고 곧바로 사랑하는 이가 있는 집으로 향했다.

그런데 도착하기 전에 문이 열린다. 그리고 넉넉한 임산복을 입은 여인이 모습을 드러냈다.

"왜 나왔어?"

하지만 강혁준은 어르는 말투로 그녀에게 말했다.

"별로 무리하는 것도 아닌데요."

임신한지 대략 8개월 가까이 되었다. 배가 불룩한 것이 누가 봐도 임산부의 그것이다.

"괜찮아?"

강혁준은 요새 입에 매일 달고 사는 말이 있다. 그녀를 볼 때마다 안위를 물었다. 물론 그녀는 그럴 때마다 괜찮다고 말했다.

"저는 괜찮아요."

"그럼 다행이고. 뭐 먹고 싶은 건 없어?"

"제가 돼지인가요? 식사는 매끼하고 있다고요."

"뭐든지 말해. 금방 대령할테니."

그녀는 고개를 저었다. 일을 하고 온 남편에게 다른 심부름을 시키고 싶지는 않다. 그리고 먹고 싶은 것이 있다면, 아랫사람에게 시키면 될 일이었고.

"많이 피곤하셨죠? 얼른 들어가요."

"응."

둘은 집 안으로 들어왔다. 하인이 들어와서 혁준의 외투를 받는다.

"물을 덥혀놓았습니다. 집정관님."

집사가 가까이 와서 말한다.

"고맙네."

강혁준은 뜨거운 물에 몸을 담그었다.

"휴우……."

이리저리 바쁜 하루였지만, 반대로 그에게 있어서 얼마 안 되는 평화의 시기이기도 했다.

똑…. 똑….

물방울이 떨어진다. 차가운 그것은 혁준의 이마에 떨어졌다.

'이대로 그녀와 계속 이곳에 있고 싶다.'

강혁준이 해낸 업적은 실제로 놀라운 것이었다. 4대 악신의 세력을 패퇴시켰으며, 어비스를 통일했다.

지고자의 위치에서 평화로운 시기를 만끽하면 되는 일이다. 허나 이대로 어비스에 안주할 수는 없었다.

꽈악……

혁준은 손을 쥐었다.

얼마 있지 않으면 지상으로 연결되는 포탈이 열린다.

'솔직한 마음으로 여기에서 안주하고 싶다.'

그렇지만 그건 안 될 말이었다. 그가 애초에 회귀를 한 이유는 바로 인류를 구원하기 위해서였다.

어비스에 있는 4대 세력을 멸절 시켜버렸기에, 지상에 있는 데빌에게는 막대한 피해를 주었다. 어비스에서 그 어떤 지원도 받을 수 없기 때문이다.

'나 없이도 인류가 승리할 수 있을까?'

그 점에 관해서 매우 부정적인 답만 나왔다.

인류는 악마와 전쟁에서 연전 후퇴만 했다. 만약 이대로 나몰라라 한다면, 인류는 그대로 멸명할지도 모른다.

"하아……."

강혁준은 한숨을 쉬었다.

그나마 다행인 것은 양방향 포탈은 5년마다 열린다는 점이다. 무사히 일을 마친다면, 다시 가족의 품으로 돌아올 수는 있다.

그럼에도 고민이 된다. 이제 곧 아이가 태어날 것이다. 아이가 커나가는 것을 계속 지켜보고 싶은데, 한번 지상으로 가버리면 5년간은 영영 볼 수가 없다.

'좀 더 생각해보자.'

뜨거운 목욕을 마치고 탕 밖으로 나온다. 하인이 미리 준비한 수건으로 몸을 닦은 후, 옷을 걸친다.

"바로 식사를 하시겠습니까?"

혁준은 고개를 끄덕였다.

긴 식탁에는 이미 루카가 그를 기다리고 있었다.

"기다리고 있었어? 그러지 않아도 되는데."

"혼자서 식사하면 너무 쓸쓸하잖아요."

혁준이 자리에 앉자 요리사가 식사를 내어오기 시작했다.

집사는 일부러 독이 있는지 없는지 일일이 검사하기 시작했다. 하지만 혁준은 손을 저으며 말했다.

"그냥 가져와. 설사 독이 들었어도 그냥 소화 시킬게."

실상 그가 집정관이 된 이후로 몇 번의 독살시도가 있었다. 어비스를 일통한 후, 그를 못마땅하게 여기는 이가 많아졌기 때문이다. 하지만 그 누구도 성공할 수가 없었는데, SSS등급의 위장은 극독도 그냥 소화시켜버렸기 때문이다.

적어도 타격을 줄 수 있는 독은 냄새나 맛을 심하게 변질시켰다. 그건 굳이 검사할 필요도 없는 수준이였다.

"잘 먹었네."

혁준은 요리사에게 치하의 말을 전했다. 요리사는 황송하다는 표정으로 고개를 숙였다.

어느정도 시간을 보내고, 강혁준은 루카와 함께 침실로 이동했다. 강혁준은 침대에 누워서 독서를 하고 있었다.

"이해가 되세요?"

옆에서 루카가 묻는다. 지금 혁준이 읽고 있는 책은 마법서였기 때문이다.

"아니, 이해하고 읽는 건 아니야."

마법을 배우려면 많은 시간과 노력이 필요한 것이다. 게다가 마력 친화력을 필요로 하기 때문에, 재능의 문제도 있었다.

"그러고보면 인간은 정말 대단해요. 별 노력도 없이 마법을 쓰니까요."

"아… 그건……."

강혁준은 그 점에 대해서 설명하려고 했다. 그런데 왠지 모르게 꺼림직했다.

'왜 그럴까?'

바로 그 찰나, 그녀가 혁준의 손을 잡는다.

"고마워요."

"응?"

"요새 들어서 바쁘게 일을 하시잖아요. 사실 당신이 그리 신경쓰지 않아도 될 일인데."

"내가 하고 싶어서 그럴뿐이야."

강혁준은 그렇게 말하면서 그녀의 곁으로 다가갔다. 그리고 그녀의 배를 살짝 어루만졌다.

"어머…… 방금 느껴졌어요?"

"아. 나도 느꼈어."

뱃속에 있던 태아가 가볍게 발을 찬 것이다. 강혁준도 그 진동을 느낀 것이다.

"누굴 닮아서 그런지. 힘이 장사에요."

그녀는 미소를 지으며 말했다.

"그러네. 하핫."

혁준과 루카는 그렇게 좋은 시간을 보내고 있을 때였다.

문득 루카가 말을 꺼낸다.

"걱정하지 말고 다녀오세요."

"응?"

"그 동안 어비스는 제가 책임질 테니까, 더불어 우리 아이도. 그러니까 당신의 동족을 구하세요."

"그렇게 티가 났었나?"

"아뇨. 다른 이는 몰라요."

루카는 손을 들어서 혁준의 뺨을 어루만졌다. 숨이 닿을 만큼 가까이서 그녀가 속삭였다.

"이렇게나 가까이 있는데, 제가 모를 리가 있나요?"

누구보다 현 사태에 대해서 잘 알고 있는 루카였다. 강혁준에 의해서 어비스는 긴 평화를 맞이했다. 비록 영원한 평화는 아닐지라도, 혁준에게 갚지 못할 큰 선물을 받은 것은 틀림없는 사실이다.

"잠깐의 헤어짐이에요. 뱃속의 아이만 아니었다면, 저 역시 당신과 같이 했을 거랍니다."

"루기……."

고마웠다.

아이를 낳을 때, 곁에서 지켜주지 못한다는 것은 매우 기억에 남는 일이다. 강혁준은 곁에서 그녀와 아이를 지켜주고 싶었다.

"미안해."

"당신의 동족을 위한 일이잖아요. 제가 아버지의 유지를 이어받은 것처럼. 해야 할 일을 하세요."

강혁준은 자신이 행운아라고 느꼈다.

"아이가 남자 아이라면 라이아그, 여자 아이라면 리아나라고 해줘."

패밀리 네임은 혁준의 그것을 따라가겠지만, 생활 장소가 어비스인 것을 고려해서 이름은 장소에 맞게 지었다.

"알겠어요."

그녀가 고개를 끄덕였다.

⚜

지이이잉…

포탈이 열린다.

5년이라는 시간이 흘러서 다시 고향으로 돌아갈 수 있는 통로가 생긴 것이다.

어비스로 돌아갈 당시, 측근들은 혁준의 안위를 걱정했다. 그래서 많은 수의 군대를 보내주려고 했지만, 강혁준은 모조리 거절했다.

"오히려 거추장스럽다. 나 혼자서 해도 충분해."

혁준은 일언지하에 그들의 충언을 거절했다. 결국 실랑이를 벌이다가 발탁된 이는 단 4명에 불과했다.

강혁준을 따라서 지상에 나갈 사람은 타이건, 테실, 루시아 그리고 미스트라였다.

마지막에 미스트라가 나서서 이렇게 말했다.

"제가 도와드리겠어요. 막강한 군대보다 제가 더 쓸모 있을 거예요."

특유의 고혹스러운 표정으로 말한다. 혁준은 잠시 생각을 하다가 허락했다.

'내 시선 밖에 그녀를 두는 것도 불안하니까.'

여태까지 그녀가 쌓은 전공은 어마어마하다. 수 많은 데미갓이 그녀의 손에 운명을 달리했으니까.

하지만 여전히 그 속을 알 수가 없어서, 많은 측근들이 그녀를 꺼려했다. 이대로 미스트라를 어비스에 남겨놓으면 어떤 말썽이 벌어질지도 몰랐다.

"알았다. 그렇게 하지."

이렇게 5인은 포탈이 열리자, 곧바로 지상으로 이동했다.

⚜

휘이이이이……

간만에 뻥 뚫린 하늘이 보인다. 수 많은 별빛과 함께 이곳이 지구라는 것이 그제서야 실감이 든다.

"와아……. 정말 대단하군요."

루시아는 입을 쩌억 벌리고 말한다. 어비스와는 완전 다른 세상이기에 놀라는 것도 무리가 아니다. 타이건과 테실 역시 달라진 공기와 새로운 환경에 적응하느라 곤욕을 치루고 있었다.

"후아…… 뭔가 이상해."

"이곳이 말로만 듣던 지상세계인가?"

반면에 미스트라는 차분했다. 그녀는 어떤 표정 변화도 없었다.

"이미 잘 알고 있겠지만, 내 동족은 악마들에 의해서 생존 자체가 위험하다. 그런데 너희들은 누가봐도 인간의 생김새와는 거리가 있지."

미스트라를 제외한 3인은 고개를 끄덕인다.

"우호적인 반응은 없을 것이다. 어쩌면 배은망덕한 취급을 받을 수도 있겠지."

인간은 강하지 않다. 제일 약한 데몬도 인간을 보면 마음껏 달려든다. 그만큼 지금 인간의 처우는 먹이 사슬 최하층에 위치한 것이다.

"설사 그들에게 실망을 하더라도, 나를 위해서 참아주길 바란다."

Part 129 : 김한석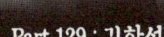

 강혁준의 밑에 나머지 인원들도 곧 수긍을 했다. 강혁준을 제외하면 외견상으로 확연히 구분되는 파티구성이라 할 수 있다.

 본디 사람은 자신과 다르다는 이유로 너무나도 쉽게 상대를 배척하는 존재다. 그 점을 잘 알고 있는 강혁준은 설사 부당한 대우를 받더라도 참으라는 이야기였다.

 "물론입니다. 집정관님에게 누가 되는 행동을 할 수는 없지요."

 타이건이 고개를 조아리며 말했다. 이 삼인조는 확실히 아군이라고 할만 했다. 여태까지 어려운 미션도 무리없이 해내온 전우들이다.

강혁준이 미스트라에게 명령을 내린다.

"주변을 정찰하고 와라."

미스트라는 공손하게 고개를 숙였다.

차라라락….

그녀의 눈부신 날개가 펼쳐졌다. 보기만 해도 아름답다. 하지만 그것은 관상용으로 그치지 않는다.

펄럭펄럭.

몇 번 홰를 치자 단 번에 하늘을 날아오른다. 그리고는 순식간에 횡하고 날아가버린다. 정찰을 하는데는 한 식경도 걸리지 않았다.

미스트라는 혁준 앞에서 공손하게 보고를 올렸다.

"근방에 작은 마을이 있었습니다. 구성원은 모두 인간이었습니다. 인구는 100명을 넘지 않습니다."

"수고했다."

강혁준은 고개를 주억거렸다. 5년간의 공백 시간이 있다. 주변 상황을 알아보기 위해서 그곳부터 들리기로 마음먹었다.

그들이 떠나간 이후,

포탈은 점점 힘을 잃어갔다. 흐릿해지면서 그 모습을 감추려는 찰나, 검은 그림자가 쑥 하고 튀어나온다. 어비스에서 온 마지막 차원이동자는 물기 어린 음성으로 말했다.

"뭉크 같이 간닥. 새로운 음식 문물 보고 싶닥. 근데 왜 아무도 없낙?"

모두의 만류로 뭉크는 지상행을 거절당했다. 누가봐도 뭉크의 생김새는 데몬 그 자체였다. 보는 즉시 사살 당할 것이 뻔하다. 그리고 손이 많이 가는 편이기도 하고.

하지만 뭉크는 새로운 열망에 눈을 뜨고 말았다.

'참치캔 먹고 싶닥. 그것 외에도 맛있는 것이 많닥. 뭉크는 도전한닥!'

결국 그런 열의가 남들 몰래 포탈을 넘어가도록 만든 것이다. 하지만 문제는 있었다. 차라리 지상에서 강혁준을 만났으면 괜찮았지만, 간발의 차로 뭉크만 덩그러이 떨어지고 만 것이다.

"큰일이닥……."

끝 없이 펼쳐진 황무지를 보면서 뭉크는 말을 흘리고 말았다.

⚜

다람쥐 마을.

마을 이름이 그렇게 지어진 데에는 이유가 있었다. 100명도 안 되는 생존자 무리의 리더가 다람쥐 카페의 주인장이었기 때문이었다.

험상궂은 인상과 스테로이드를 과도하게 맞은 듯한 근육 덩어리 몸집을 가진 그의 이름은 김한석이었다.

김한석의 키는 2m가 가볍게 넘고 게다가 몸무게도 130kg을 육박한다. 반면에 체지방은 전무 했으며, 당연히 운동 능력도 뛰어났다.

따로 각성 전에도 임프 무리 정도는 수십을 찢어발겼을 정도로 싸움 실력도 빼어난 인물. 현재 그의 각성자 등급은 B등급으로, 무력 하나만은 누구에게도 꿇리지 않을 정도였다.

다만……

김석한은 매우 섬세한 성품의 소유자였다. 덩치에 맞지 않게 작은 새와 고양이를 사랑하고, 언제나 평화를 설파했다.

예를 들어 식량을 두고 싸우는 두 사람이 있다고 하자. 김석한은 매우 좋은 의도로 이렇게 말한다.

"싸우지 말죠. 서로 힘을 합쳐야 할 때 아닙니까?"

하지만 받아들이는 사람에게는 이렇게 들리게 되었다.

'싸우지 말자. 목숨이 두 개가 아니라면?'

꿈틀거리는 근육을 보면 누구라도 분노가 잦아든다. 김석한은 분노조절장애를 치료하는데 매우 뛰어난 실적을 가지고 있었다.

그는 판데모니엄이 일어났을 때, 분연히 일어나 많은

이들을 도왔다. 사태가 많이 어려웠던만큼 이제 그 주위에 남은 이는 100여명 남짓 밖에 되지 않았다.

하지만 구성원들은 모두 알고 있었다. 애초에 그가 없었다면 여태까지 목숨을 부지할 이가 아무도 없음을.

자연히 생존자들은 김석한을 마음 깊이 따르고 되었다.

"하아… 이 일을 어쩌지?"

키 2m의 거한이 이리저리 방안을 돌아다닌다. 요 근래 벌어진 문제점이 그를 괴롭히고 있었다.

다람쥐 마을의 규모는 상당히 작다. 반면에 요 일대를 장악하고 있는 각성자 무리는, C급 이상의 각성자가 200명 이상 되는 큰 규모의 클랜이었다.

클랜의 이름은 이니지 혈맹.

고전 온라인 게임의 이름을 딴 클랜으로서 창립 멤버는 나이 40먹은 게임 폐인의 모임이라고 한다. 이니지와 아저씨의 합성어로서 인저씨라고 불리던 그들은, 판데모니엄 당시 한 피시방에서 게임을 하고 있다가 함께 힘을 합쳐서 살아남았다.

그들은 이니지를 하면서 쌓은 경험을 토대로, 클랜을 형성했다. 질 좋은 사냥터를 선점하고, 혈맹에 충성할 인재를 수단과 방법을 가리지 않고 수집하기를 다섯 해.

그 결과, 지금은 제법 덩치가 붙어 인근에서는 제일 큰 규모의 클랜이 되었다. 그들은 인터넷의 보잘 것 없는 권력이 아닌, 실제로 철권을 휘두르는 깡패 조직이 되어버린 것이다.

다람쥐 마을은 이니지 혈맹의 타겟이 되었다. 리더 김석한은 만만치 않은 실력자이지만, 나머지 인원은 단번에 휩쓸려 갈만큼 나약한 존재들이다.

처음에는 많은 조공을 바치게 만들었다. 식량이 되었든 정수가 되었든 무차별적으로 이어지던 갈취가 날이 갈수록 심해졌다. 그리고 이틀 전.

"겨우 이걸 누구 입에 붙이라는 거냐? 다음주까지 무조건 두 배는 바치도록."

이니지 혈맹의 쫄따구 하나가 거들먹거리며 선포했다. 김석한이 보기에 그 쫄따구는 한방거리도 안 되지만, 최대한 조심스럽게 이야기했다.

"더 이상 조공을 바치기에는 무리입니다. 어차피 댁도 우리 상황 뻔히 알지 않습니까?"

"흥. 그거야 당신네들이 알아서 할 일이고."

쫄따구는 자신이 할 말만 이야기했다. 따지고 보면 그는 정해진 이야기를 전달할 뿐이다. 그에게 결정 권한이 있을 턱이 없다.

"허참……."

그 점을 누구보다 잘 아는 김석한은 입을 다물었다. 쫄따구가 떠나고, 시간은 빠르게 흘렀다. 이제 곧 약속한 시간이

다가오고 있었다.

하지만 아무리 조공을 바치고 싶어도 준비 기간이 너무 짧다. 이번에는 과연 어떤 억지를 부릴지 몰라서 전전긍긍하고 있었다.

바로 그 때,

문이 열리고 새파랗게 젊은 청년이 들어왔다.

"석한 형님!"

"무슨 일이냐?"

그가 아끼는 동생 중 하나였다.

"중구가 사고를 쳤습니다."

"자세하게 말해 봐."

중구라고 하면 석한도 잘 아는 동생이다. 다소 혈기가 과도하게 넘치는 문제가 있지만, 반면에 의리는 있는 친구였다.

"이번 상납을 맞추기 위해서 중구가 그만 떠돌이 하나를 습격한 모양입니다."

"뭐라고? 그런 짓을 하다니…."

석한은 망연자실했다.

생긴 것은 중간보스처럼 험상궂은 인상이지만, 그는 정도를 지키는 사나이였다. 당연히 남에게 해가 될만한 행동은 절대로 금지했다. 허나 상황이 급해지자 데리고 있던 아이가 그만 사고를 친 것이다.

"그래서? 어떻게 되었냐?"

"그 떠돌이가 제법 강했던 모양입니다. 단번에 중구를 제압하고 마을 입구에서 기다리고 있습니다."

"내가 가보지."

석한은 자리에서 일어났다. 그리고 성큼성큼 사건의 장소로 움직였다.

휘이이잉.

모래 바람이 거칠게 분다. 그리고 그 너머로 새로운 얼굴이 보였다. 떠돌이로 보이는 남자는 제법 잘 생겼다. 게다가 몸이 단단해보이는 것이 허투로 보이지 않는다.

떠돌이 앞에는 그가 잘 알고 있던 중구가 쓰러져 있었다. 가슴 부위가 움직이는 것을 보아하니 단순히 기절한 모양이다.

"자네가 이곳의 대장인가?"

떠돌이는 단번에 반말을 한다. 초면에 반말이었지만, 석한은 꾹 참았다. 일단 실례를 저지른 것은 이쪽이다. 처음부터 중구가 그를 습격하지 않았다면, 지금과 같은 사태는 일어나지 않았을 것이다.

"그렇습니다."

"이 버러지와의 관계는?"

그는 기절한 중구를 가리키면서 말했다.

"제가 데리고 다니는 아이요."

"교육을 잘 시켰어야지."

"흠, 나도 후회가 드는군요. 그를 돌려보내주신다면, 다음번에는 이런 일이 없도록 단단이 혼을 내도록 하죠."

떠돌이는 고개를 끄덕였다. 그는 가볍게 중구를 발로 걷어찼다. '텅' 하는 소리와 함께 중구의 무거운 몸이 쑥 하고 날아올랐다.

"헉……."

석한은 다급히 움직였다. 그리고는 몸을 던져서 중구를 붙잡았다.

"이보시오? 사람을 이렇게……."

석한은 화가 나서 소리칠려고 했다. 몸이 하늘을 날 정도로 강하게 발로 차비렸다. 큰 부상이 의심되는 상황이었다.

그런데 중상을 입었다고 생각한 중구가 자리를 털고 일어서는 것이 아닌가?

"혀… 형님?"

중구는 이제야 정신이 드는지 석한을 보면서 말했다.

"괜찮냐?"

"넵. 괜찮습니다."

그러다가 자신이 저지른 일이 기억난 모양이다. 그는 떠돌이를 가리키더니 말했다.

"형님. 저 자와 싸우면 안 됩니다. 괴… 괴물이에요."

중구는 벌벌 떨면서 말한다. 떠돌이는 어깨를 으슥거리며 말한다.

"그거 말이 심하군. 당사자가 코 앞에 있는데, 괴물로 부르다니."

중구는 떠돌이의 말에 더욱 겁을 먹고 그대로 김석한의 뒤로 숨었다.

'아주 악당은 아닌 모양이군.'

떠돌이는 습격한 중구를 죽일수도 있었다. 하지만 그는 굳이 그렇게까지 하지 않았다는 점에서 약간의 안도가 생겼다.

"원하시는 것이 뭡니까?"

"원하는 거라?"

떠돌이는 한동안 생각에 잠기더니 곧 이어 말했다.

"일단 통성명부터 하지. 내 이름은 강혁준이다."

'강혁준?'

처음 듣는 이름이었다.

"저는 이곳 사람들의 리더 김한석입니다. 그리고 중구가 했던 일은… 사과드리겠습니다. 젊은 혈기로 실수를 저지른 모양입니다."

강혁준은 손을 저었다.

"이해하지. 그래도 한 가지 충고하자면, 그 따위 실력으로 강도짓은 하지 말라고 해. 너무 어설퍼."

"알겠습니다만. 저희는 강도단이 아닙니다."

김한석은 씁쓸한 미소를 지으며 말했다.

"나도 겉모습으로 사람을 판단하는 버릇이 생긴 모양이야. 사과하지."

강혁준은 손을 내밀었다. 악수를 청하는 것이었다. 김한석은 마른 침을 삼켰다.

"혀… 형님?"

중구가 축축한 손으로 그의 옷을 당긴다. 겁을 단단히 먹은듯 하다.

"괜찮다."

김한석은 가슴을 펴고 강혁준에게 다가갔다. 그리고 단번에 그의 손을 마주잡았다.

"이걸로 서로에 대해서 감정은 없는 겁니다."

"물론이지."

강혁준은 쿨하게 대답했다.

'휴우……'

김한석은 따로 싸움을 배우지는 않았다. 하지만 어쩔 수 없이 데몬과 싸우다보니, 싸움에 관해서 안목도 조금 생겼다.

강혁준은 그저 느긋한 태도로 일관한다. 언뜻보면 허점투성이였지만, 오히려 그 점이 더욱 신경 쓰였다.

'실력을 숨기고 있을지도.'

그저 호기심으로 그 실력을 엿보기에는 후환이 두렵다. 그리고 무력으로 문제를 해결하는 것은 그의 스타일과도 거리가 멀었다.

Part 130 : 이주성

강혁준은 다람쥐 마을에서 하룻밤 신세지기로 했다.

지상 세계에 도착한지 얼마 되지 않았기에 일단 이곳에서 정보를 얻으려고 한 것이다.

"조용하네."

혁준은 주변을 둘러보면서 말했다. 인구가 고작 100명도 되지 않는 마을이다. 그는 주변을 둘러보다가 한 가지 사실을 알게 되었다.

'성인 남성 숫자가 왜 이리 적지?'

게다가 각성자도 단 5명에 불과했다. 이런 기형적인 마을은 본 적이 없었다. 그리고 극소수 강자의 희생으로 돌아가는 공동체는 그 말로가 좋지 못하다는 것이 상식이다.

'가만히 생각해보니 내가 그랬군.'

다람쥐 마을은 회귀 전 자신을 보는 것 같았다. 단지 규모가 다를 뿐이었다.

"강혁준님?"

입구를 두드리는 소리와 함께 여성의 목소리가 들린다. 혁준은 몸을 일으켰다. 그리고 삐걱거리는 문을 열었다.

거기에는 제법 아름다운 여성이 한 명 서 있었다. 그녀는 넓은 쟁반을 들고 있었는데, 거기에는 정체를 알 수 없는 고기 요리가 담겨져 있었다.

"시장하실 것 같아 준비 했어요."

"흠……."

혁준은 일단 쟁반을 받아 들였다. 그리고 가볍게 냄새를 맡았다.

'이건 쥐고기인가?'

판데모니엄이 되고 난 후, 비각성자들은 살아남기 매우 어렵게 되었다. 본래 지구에서 인간은 만물의 영장이었다. 허나 그것도 옛 이야기일뿐, 데몬이 득세한 후, 많은 인간이 데몬의 한끼 식사로 사라졌다.

살아남은 이들은 어떻게든 환경에 적응해야 했으며 더 이상 예전처럼 풍족한 소비생활과는 작별을 고해야 했다.

"……."

눈썰미가 좋은 혁준은 그녀의 뒤편에 있는 어린 아이들을 보았다. 무언가 강렬한 욕망을 담고 있는 눈빛이 이곳을 향해서 쏘아져온다.

"필요 없으니까 가져가도록."

강혁준은 다시 쟁반을 그녀에게 건네주었다. 설사 쥐고기라 할지라도 그들에게는 매우 소중한 식량이었다.

"하지만……."

그녀는 눈치를 본다. 아무래도 마을 차원에서 준비한 모양이다.

"난 쥐고기따위는 먹지 않아. 무슨 말인지 알겠지?"

"아…. 네. 실례했어요."

그녀는 안색이 붉어져서 쟁반을 받아든다. 동시에 혁준은 어린이들의 표정이 밝아지는 것을 볼수 있었다.

'뭐 그정도면 되었나?'

혁준은 그대로 문을 닫았다.

"알만 하군."

비각성자들의 삶은 늘 고달프기 마련이다.

'내일 바로 떠나야지.'

사정은 딱하지만, 어쩔 수 없다. 분명 혁준이라면 이곳 사람들을 구원할 수도 있기는 하다. 하지만 능력의 낭비였다. 그는 그보다는 더 큰 그림을 그려야 한다고 다짐했다.

다음 날.

강혁준은 이대로 떠나려 했다. 그런데 예상치 못한 소란이 들려왔다.

어제는 보지 못한 무리가 마을 입구에 있었다. 그들은 모두 총기와 정수로 강화된 무기를 들고 있었다.

"이봐. 김한석이…"

얼굴에 커다란 흉터를 가진 남자였다. 그는 껄렁껄렁한 태도로 김한석을 조롱했다.

"어르신… 좀 봐주십시오. 마을에 있는 것을 다 긁어모은 거라구요."

어르신이라고 불린 인물은 바로 이니지 혈맹의 한 자리를 차지한 이주성이라는 인물이다. 그는 성격은 매우 교활한데다가 욕심이 많기로 유명했다.

"내가 왜 네놈 사정을 알아줘야 하냐? 응?"

침을 뱉어가면서 말한다. 그걸 상대하는 김한석은 분명 빡치는 상황이었지만, 인내해야만 했다. 칼자루를 쥔 쪽은 이주성이었기 때문이다.

한동안 실랑이를 벌이다가 이주성이 말했다.

"흥… 상납을 못 맞추었으면, 몸으로 때워야지."

"그게 무슨 말입니까?"

"후후… 너희들에게도 그리 나쁜 이야기는 아니다. 우리 이니지 혈맹이 새로운 단원을 뽑기로 했으니까. 싸움 좀 할 줄 아는 녀석들로 5명. 그 정도만 내 놓으면 이번 달 상납은 아예 없는 걸로 해주지."

한석은 기가 막혔다. 사람 목숨 알기를 벌레처럼 아는 자들이다. 이니지의 신입으로 들어갔다가는 분명 제 명대로 살지 못할 것이다.

"그건 절대 불가합니다."

한석은 그렇게 말하자 이주성은 한술 더 뜬다.

"아! 그래?"

이주성은 자신이 데리고온 부하들을 보고 소리쳤다.

"아그들아. 연장 꺼내라."

이주성의 말에 모두들 무기를 장비한다. 움찔하는 마을 사람들. 하지만 그것에 저항하기에 그들이 가진 힘이 너무 직있다.

"으드득……."

김한석의 눈이 붉게 변한다. 그의 특성은 '야수화'였다. 전투가 벌어지면 거대한 곰의 형상으로 변신을 하게 되는데, 그 손에 걸리면 무엇이든지 다 찢어발긴다.

"김한석이… 잘 생각해보는게 좋을 거야. 네가 아무리 쎄더라도, 우리 전부와 상대하는 것은 어려울 걸?"

"크으윽…."

이주성은 처음부터 김한석을 배제하기 위해 준비를 했다. 1:1로 싸우면 절대로 불리하겠지만, 지금 그를 위시하고 있는 혈맹의 숫자는 30명이 넘어간다.

'그뿐만 아니지. 마을을 포위하고 있는 숨은 병력도 있거든.'

이주성은 생긴 것과 다르게 용의주도한 부분이 있었다.

"후우……."

김한석은 분노를 억지로 다스렸다. 싸우는 것은 두렵지 않다. 하지만 분쟁이 일어나면 상대적으로 나약한 마을 사람들이 위험하다.

"……."

"현명한 선택을 하는 것이 좋을 거야."

이주성의 마지막 말은 섬뜩하게 느껴지는 것이 있었다.

"알았소."

김한석은 한 숨을 쉬었다.

"잠시만 시간을 주시겠소?"

"그러지."

이주성은 느끼한 미소를 지으며 수락했다. 김한석은 마을 내에서 지원자를 받기로 마음 먹었다. 마음 아프지만 그것만이 지금의 사태를 벗어날 수 있는 방법이었다.

그런데….

강혁준이 가까이 온다. 그는 이주성을 비롯한 무리를 흘깃 쳐다보았다. 하지만 이내 관심 없다는 표정으로 시선을 거두고 앞으로 걸어간다.

이대로 마을을 벗어나려고 말이다.

"……."

하지만 그것은 이주성을 비롯한 이니지 혈맹에게 큰 모욕감으로 다가왔다. 왠 어중이떠중이가 자신을 무시하고 지나치려고 한 것이다.

"어이 너!"

강혁준 등 뒤로 이주성이 소리쳤다. 하지만 강혁준은 묵묵부답이었다.

'차라리 잘 됐다. 뭐하는 새낀지 모르겠지만, 여기서 본보기를 보여주지.'

이주성은 자신의 벨트 부위에 손을 갖다댄다. 거기에는 언제든지 던질 수 있는 비도가 숨겨져 있었다.

파파바빅!

등을 공격하는 것은 비겁한 일이다. 하지만 이주성은 목적을 위해서라면 그 수단이 얼마나 비열할지라도 신경 쓰지 않는 인물이었다.

"어라?"

금세라도 비수에 맞고 고꾸라질 것이라고 생각했다. 하지만 그건 착각이었다.

팅…팅팅!

차라리 피하거나 비수를 손을 쳐내었다면 모르겠다. 하지만 비수는 강혁준의 몸에 맞고 툭툭 떨어졌다. 마치 강화 철판에 비수를 던진 것처럼 말이다.

강혁준의 발걸음이 멈추었다. 그는 천천히 뒤를 돌아보더니 바닥에 떨어진 비수를 내려다 보았다.

"이거 네가 던진 거냐?"

혁준은 비수를 가리키며 물었다. 물론 강혁준은 누가 한 것인지 알고 있었다. 그런 질문을 한 이유는 다만, 이니지 혈맹이랍시고 거들먹거리는 자들이 어떻게 나오는지 보기 위해서다.

반면에 이주성은 빠르게 머리를 굴렸다.

'이거 의외로 대박이 걸린 것일지도.'

이니지는 요새 들어서 있는대로 몸집을 불리고 있었다. 지금 현 사태는 강해지지 않으면 모조리 죽어버리기 때문이었다.

'저 놈은 분명 물리 공격에 내성이 강한 특성을 가지고 있는 모양인데.'

물리 저항 특성은 매우 희귀하다. 이니지 혈맹만 하더라도 그런 특성을 가진 자가 손에 꼽을 정도다.

'예비 병력을 가지고 온 것을 다행으로 생각해야겠군.'

행동력 하나만은 뛰어난 이주성이다. 그는 곧바로 신호탄을 준비했다. 그리고 하늘 높이 쏘아올렸다.

푸쉬이이이이….

멀리 있어도 단번에 보일 정도로 그것은 밝았다.

강혁준은 팔짱을 끼고 이주성이 하는 것을 그냥 지켜봤

다. 이윽고 많은 수의 혈맹원들이 그곳으로 몰려들었다.

"후후후……"

이주성은 어깨에 힘이 들어갔다. 그는 받쳐주는 힘이 강해질수록 목소리가 커지는 타입이었다.

"감히 내 말을 무시하다니. 네 놈은 특별히 내가 훈련시켜주지."

그가 혀를 날름거리면서 말했다. 다만 강혁준은 다른 생각을 하고 있었다.

'예나 지금이나 멋 모르고 달려드는 작자들은 꼭 있구만.'

그나마 김한석은 사태의 위험성을 알아차렸다. 그는 강혁준에게 다가가서 말했다.

"차… 참으시죠. 절대 저들을 건드려서는 안 됩니다."

김한석은 얼굴을 붉히며 말했다. 혁준과 이니지 혈맹과 싸우면, 결국 피해를 입는 것은 마을 사람들이다. 고래 싸움에 새우등 터지는 것은 절대로 사양이었다.

"싫은데?"

처음에는 그냥 무시하고 가버릴 생각이었다. 하지만 사태가 이정도까지 왔는데, 자리를 피하는 것은 겁쟁이나 할 짓이었다.

강혁준의 신형이 움직였다.

"어?"

하지만 남들이 보기에는 순간이동이나 마찬가지다. 능력 차가 너무 나면, 움직임조차 시선에 담기가 힘들기 때문이다.

퍼어억!

클랜원 하나가 튕겨져 나가더니, 마치 차에 치인 것처럼 자유낙하를 한다.

"커어억……."

몸에 있는 대부분의 뼈가 박살났다. 염라대왕과 접견을 하고 온 것이나 마찬가지다.

헌데 그것은 시작에 불과했다.

빠악!

퍼어억!

그 누구도 한 방을 견디는 자가 없다. 순식간에 이니지 혈맹은 온 몸이 박살나서 바닥에 처박히고 말았다.

"히이익……."

마치 홍길동처럼 동에 번쩍, 서에 번쩍한다. 그리고 그 자리에 남은 것은 완전히 무력화된 혈맹원뿐이다. 그것은 현실감이라고는 없는 일방적 폭행이었다.

마치 만화에 나오는 장면처럼 철저하게 개박살나고 있다.

싸움 자체가 성립되지 않는다. 이주성을 제외한 나머지 병력은 모두 바닥에 처박혀 있었다. 다행이 죽은 이는 없었지만, 몇몇은 차라리 죽음이 더 자비로운 상태였다.

"이… 이건 꿈이야."

마지막에 남은 이는 이주성이었다. 강혁준은 일부러 그를 남겨두고 모조리 격파한 것이다.

 '도대체 얼마나 빠르면? 눈에 담기도 힘들다.'

 멀지 않은 곳에서 싸움(?)을 지켜본 김한석조차 고개를 저었다. 그가 알기로 이니지 혈맹은 가지고 있는 정수 광산만 하더라도 수십 개가 된다.

 정수를 먹여서 키운 병력은 절대 쉽게 볼 수 있는 상대가 아니었다. 하지만 강혁준 정도로 재빠른 상대를 만난다면?

 숫자는 그저 장식에 불과한 것이다.

 "사… 살려주십시오."

 이주성은 무릎을 꿇고 말했다. 그제서야 그는 상대가 가진 힘을 판단할 수 있었다.

 인간의 힘을 아득하게 초월한 존재.

 그것이 강혁준의 본 모습이었다.

 "제가 아둔해서 그만 실수를 저질렀습니다. 제발… 제 밑에 토끼 같은 자식이 3명이나 있습니다. 아이들은 무슨 죄가 있습니까? 저에게 무슨 일이 생기면 그 아이들은 모두 길바닥으로 내쫓기게 될 겁니다."

 간곡한 표정으로 말하는 이주성. 물론 그는 처자식이 없다. 지금 그가 한 말은 새빨간 거짓말이었다.

Part 131 :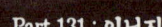

이주성이 연신 머리를 숙인다. 살아남기 위해서 취할 수 있는 방법은 그 뿐이라고 생각한 모양이다.

그의 노력이 하늘에 닿아서는 아니었다. 강혁준은 처음부터 한 명은 몸 성히 놔둘 생각이었고, 그에게서 얻을 정보도 있다.

"야."

"네넵."

혁준의 생김새는 아직 20대 중반이었다. 반면에 이주성은 올해 마흔 둘이다. 하지만 지금 시대는 나이가 중요한 것은 아니었다.

누가 더 강한 힘을 가지고 있느냐? 말 그대로 약육강식의 세계인 것이다. 이주성은 간이라도 빼줄 것 같은 태도를 취했다.

"몇 가지 물어볼 것이 있다."

"말씀만 하십시오."

혁준은 일단 주변정세에 대해서 물어보았다. 그러자 이주성은 알고 있는 지식을 자세하게 풀어놓았다.

"저희 이니지 혈맹도 사실, 중소 클랜에 불과합니다. 진짜배기들은 저 남쪽에 다 몰려 있지요."

판데모니엄이 진행되고 난 후, 인구가 급속도로 줄어들었다. 더 이상 생존을 보장받는 시대는 끝장난 것이다.

수십억에 해당하는 인구는 급속도로 줄기 시작했다.

먼저 식량 문제가 대두되었다. 모든 이동 수단이 멈추었다. 유통이 멈추면서 말 그대로 식량이 부족하게 된 것이다.

많은 아사자가 생겼다. 더 이상 도시를 지키는 사람은 줄어들었다. 난민들은 각자 살아남기 위해서 뿔뿔이 흩어졌다.

하지만 모두가 그런 것은 아니다.

각성자.

정수를 흡수해서 인간의 한계를 뛰어넘은 자들은 달랐다. 그들은 각자 클랜을 만들었다. 그리고 힘을 합쳐서 데몬을 사냥하고 삶의 터전을 만들었다.

문명 수준은 정확히 중세 시절로 떨어졌다. 기존의 알고 있던 지식은 쓸모가 없어졌다. 순수한 힘과 무력이 판을 치기 시작한 것이다.

 각성자들은 비각성자를 억압했다. 비각성자는 노예가 되어서 정수를 캐내거나, 농사를 지어야 했다.

 예전처럼 농기계가 밭을 가는 것이 아니라, 많은 사람들이 일일이 쟁기질을 해야만 했다. 문제는 그렇게 얻은 식량조차, 대부분 세금 명목으로 뺏겨야 했다.

 클랜은 그 자체로 하나의 국가가 되어서 세력전을 펼치고 있었던 것이다.

 '예전이나 지금이나 마찬가지군.'

 이주성은 계속 설명을 했다.

 "아시아에는 13개의 대규모 클랜이 난립하고 있습니다. 제가 몸 담고 있는 이니지는 알다시피 주작클랜의 보호를 받고 있지요."

 "주작?"

 "넵. 그렇습니다만?"

 혁준은 그 이름에서 향수를 느꼈다. 바로 회귀 전 배신을 주도한 이들이 바로 주작 클랜이었기 때문이다. 아직도 그 이름을 생각하면 이가 절로 갈린다.

 "히익……."

 이주성은 안색이 창백해졌다. 어마어마한 분노가 강혁준

의 몸에서 뿜어져 나왔기 때문이다.

'사… 살려줘.'

이대로 저승으로 가는가 싶었다. 하지만 강혁준은 이내 분노를 거두었다.

"차라리 잘 되었어. 언젠가는 해결해야 할 일이었으니까."

이번 기회에 해묵은 원한을 청산하는 것도 좋은 일이다.

"이봐?"

"네넵."

"네 놈 주거지가 어디지?"

"아! 그건……."

잠깐이지만 망설였다. 그가 보기에 강혁준은 역신이나 마찬가지다. 그런 존재를 아무래도 집이나 마찬가지인 클랜으로 끌고 오는 것이 꺼려진다.

"음……."

강혁준의 눈살이 약간 찌부러진다. 그것을 바로 알아챈 이주성은 곧바로 말했다.

"이곳에서 얼마 떨어지지 않습니다. 하룻밤이면 도착할 거리이지요."

그는 굽신거리면서 말한다. 그 길로 강혁준이 해야 할 일은 정해졌다.

"곧바로 안내하도록."

그대로 이동하려는데, 누군가 혁준에게 말을 건네었다. 바로 이곳 마을의 책임자였던 김한석이었다.

"저기…."

"음?"

"실례지만 꼭 묻고 싶은 내용이 있습니다."

"그게 뭐지?"

김한석은 잠시 뜸을 들였다. 하지만 고민은 짧았다.

"이니지 클랜에게 가서 무얼 할 것인지 알고 싶습니다."

김한석의 눈은 진지했다.

"다 죽여버리는 것이 아무래도 편리하겠지만, 사람 된 도리로 그건 너무 심한 것 같기도 하고…."

강혁준은 약간 고민하다가 오히려 김한석에게 되묻는다.

"근데 그건 왜 궁금하지?"

김한석은 기본적으로 착한 사람이다. 하지만 착하다고 어리석은 것은 아니다. 그는 곧바로 강혁준에 대해서 유심히 관찰했다.

"제가 당신을 도와드릴 수 있을 것 같아서요."

"자세히 말해봐."

김한석은 침을 삼켰다. 덩치로 보면 강혁준보다 그가 훨씬 크다. 제 3자가 보기에는 김한석이 강해보일 것이다.

'내가 1초라도 상대가 될까?'

아니다.

아무리 생각해도 자신따위는 강혁준에게 비빌 상대가 안 된다. 그리고 그것은 이니지 혈맹도 마찬가지다. 숫자따위는 강혁준 앞에 중요한 것이 아니다.

"그들의 뒤처리를 저에게 맡겨주십시오. 강혁준님이 그들을 제압하신다면, 나머지는 제가 그들을 회유하겠습니다. 그렇게만 한다면 수백 명이나 되는 각성자를 부릴 수 있지 않을까요?"

김한석은 나름 도박수를 던져본 것이다. 제발 그것이 들어맞기를 빌면서 말이다.

"그거 좋은 생각이군."

쓰러뜨리는 것은 쉽다. 하지만 강혁준은 할 일이 많다. 언제까지 똘마니들 상대로 시간을 낭비하는 것은 피해야 한다. 하지만 누군가가 그것을 대신해준다면?

강혁준으로서는 거절할 이유가 없다.

강혁준은 그저 김한석이라는 한 사람만 컨트롤하면 되니까.

"좋다. 너도 나를 따라와라."

"감사합니다."

김한석은 고개를 숙였다.

이대로 목숨만 연명하면서 사는 것에 지친 그였다. 100명이나 되는 비각성자를 돌보기 위해서라도 힘은 필요하다. 그런 생각이 그를 움직였다.

새파랗게 젊은 강혁준의 부하를 자청해서라도 그는 현재의 상황을 타파해야 한다.

"애들아……."

김한석은 그나마 힘좀 쓰는 동생들을 불렀다. 각성은 했지만, 그저 성격만 좋아서 그의 곁에 남은 각성자들이었다.

"잠시동안 여기 마을은 너희에게 맡기겠다."

"형님……."

동생들은 왠지 불안한 표정을 지었다.

"걱정 마라. 이 상황이면 어차피 오래 못 간다."

마을 식량을 이미 바닥을 보인 상태다. 이대로라면 얼마 가지 않아서 모두 아사할 지경이었다.

'이것도 기회라면 기회겠지.'

"기다리고 있겠습니다."

동생이 굳은 눈빛으로 말한다. 여태까지 많은 고난이 있었지만, 김한석은 혼자 살자고 다른 이를 저버릴 인물이 아니다.

'나름 신망이 있는 모양이군.'

⚜

하룻밤이 지나고, 강혁준을 비롯한 두 사람은 이니지 혈맹이 거주하는 곳에 도달했다.

이니지 혈맹이 거주하는 곳은 실내 체육관이었다. 판데모니엄이 시작되고 많은 건물이 무너졌다. 실내 체육관 그나마 형태를 유지하는 몇 안되는 건물 중의 하나였다.

그런데, 멀지 않은 곳에서 몇몇의 인영이 보인다.

"으......"

삐적 마르고 허약해보이는 자가 무거운 짐을 들고 움직이고 있었다. 강혁준은 그것을 보고 이주성에게 물었다.

"설명해 봐."

"그… 그게……"

이주성은 금세 대답하지 못 했다. 대신 김한석이 알려주었다.

"노예들입니다. 이니지는 무고한 사람을 가두고는 저렇게 부려먹지요."

김학석은 혀를 차며 말했다.

"역시 그렇군."

강혁준은 목을 까딱까딱 움직였다. 가볍게 스트레칭을 하는 것이다.

"잠시 다녀오지. 대충 잠잠해지면 들어오도록."

강혁준은 그렇게 말하고는 실내 체육관 입구로 걸어간다.

⚜

그 시각.

이니지 혈맹에서도 말단 부하들은 한가로이 입구를 지키고 있었다.

그 중 하나는 야생 마를 씹어먹고 있었다.

"그거 먹을만 하냐?"

"아니. 입이 심심해서 그렇지. 이 딴거 먹고 싶겠냐?"

대뜸 화를 낸다.

판데모니엄이 오기전, 그는 제법 돈을 잘 버는 자영업자였다. 그런데 모든 것이 무너진 지금, 인터넷 게임 폐인들의 눈치나 보면서 살고 있다.

그것이 마음에 안 들었지만, 살아남기 위해서는 어쩔 수 없었다.

"새끼 성질하고는."

동료의 타박에 그는 입이 삐죽 튀어나온다. 그러다가 멀지 않은 곳에서 낯선 인영을 발견했다.

"저 놈 누군지 아냐?"

"아니? 난생 처음 보는 자식인데."

이방인의 정체는 강혁준이었다. 그는 아무런 거리낌 없이 다가왔다. 그 태도에 압박을 느낀 것은 이니지 혈맹쪽이었다.

"더 이상 다가오지 마!"

창을 꺼내서 위협한다. 더 다가오면 찔러버릴 생각이었다. 하지만 그 상대가 너무 나빴다.

탁!

강혁준은 창대를 잡았다. 조무래기는 뒤늦게 창을 빼려고 힘을 주었지만, 꼼짝도 하지 않는다.

"으으윽……."

강혁준은 그것을 당겼다. 그러자 창을 쥐고 있던 혈맹원도 같이 끌려왔다.

"으아아아아……."

로켓처럼 수십미터를 치솟는다. 한참 허공을 허우적거리다가 바닥으로 추락한 그는,

우지끈……

그나마 우거진 수풀에 떨어졌다. 기존의 문명이 박살나면서 아스팔트를 뚫고 온갖 잡초와 나무가 무성해진 것이다.

어떻게 보면 그는 진정으로 운이 좋은 것이다.

"맙소사."

동료가 자유 낙하하는 모습을 지켜본 그는 곧바로 뒷걸음질쳤다. 절대 혼자서는 감당할 상대가 아니라고 판단한 것이다. 그는 준비한 알람을 울렸다.

땡땡땡!

시끄러운 소리가 주변에 울린다. 침입자가 발생했다는 뜻이었기에 대부분의 각성자들이 하던 일을 멈추었다. 각자 무기를 들고 모여들기 시작한 것이다.

오히려 강혁준은 하품을 하면서 그들이 모여기만을 기다렸다.

⚜

밖이 소란스럽다.

이니지 혈맹의 군주인 나도성은 단잠에서 깨어나야만 했다.

"젠장……. 대체 뭔데 이리 소란이야?"

시끄러운 소리에 더 이상 잠을 잘 수가 없었다. 자리에 일어나자 그를 덮고 있던 이불자락이 흘러내렸다. 그러자 옆에서 자고 있던 여인들의 나신도 드러났다.

"흐음……."

여인의 새하얀 나신으로 자연스레 눈길이 간다. 근처 부락에서 상납조 명목으로 바친 여인들이었다. 나도성은 자신의 분신이 화를 내는 것을 느꼈다.

나도성의 손은 자연스레 여인의 매끄러운 허벅지로 향했다.

그런데….

쾅쾅쾅!

입구에 있는 문을 마구 두드린다. 왠지 모르게 그것에는 절박함이 묻어있었다. 다만 나도성은 기분만 더러웠다.

'빌어먹을……. 누군지 몰라도 반쯤 패죽여야지.'

나도성은 클랜 마스터로서 포악한 성격을 가지고 있었다. 본래 게임 폐인에 불과했지만, 정수를 얻고 막강한 힘을 가지면서 본성이 튀어나오기 시작한 것이다.

그는 단순히 기분이 나쁘다는 이유만으로 비각성자를 살해할만큼 인격파탄자가 되고 만 것이다.

철컥……

잠금장치를 풀고 문을 연다.

"끄어어어어……."

피투성이가 된 그의 부하가 그를 맞이했다. 그는 차마 말을 다 잊지 못하고 앞으로 거꾸러졌다.

"어라?"

뭔가 이상하다. 나도성은 주변을 둘러보았다. 바깥에는 피칠갑에다가 인사불성 된 부하들이 가득했다.

'이게 무슨 일이지?'

그제서야 상황이 심각하다는 생각이 들었다. 그리고 얼마 있지 않아서 사건의 원흉과 조우할 수 있었다.

Part 132 : 주작 클랜

"끄으으으……."

자신이 아끼는 부하중 하나였다. 분명 등급은 C등급 정도는 될 것이다. 그런데 지금 웬 낯선 남자에게 붙들려서 피를 흘리고 있었다.

털썩……

남자의 정체는 강혁준이었다. 그는 쓰레기 버리듯이 나도성의 부하를 던져버린다.

"네가 이곳 우두머리인가?"

혁준은 날카롭게 쏘아 붙였다. 반면, 나도성은 고양이 앞에 생쥐처럼 꼼짝도 할 수 없다. 그저 본능적으로 자신은 그에게 상대조차 될 수 없다는 것을 알았을 뿐이다.

"그… 그렇습니다만……."

강혁준은 천천히 그에게 다가갔다. 나도성은 B급 각성자로서 근방에서 김한석을 제외하면 상대할 적수가 없었다.

'내 부하 300명을 단신으로 처리한 건가? 이 새낀 내가 상대할 놈이 아니다….'

판데모니엄이 진행되고 그는 자신의 분수에 대해서 잘 알았다. 한때 주작 클랜이 이니지 클랜 구역을 넘본 적이 있었다.

두 세력간의 전력차는 압도적인 주작의 우세. 그렇기에 나도성은 머리를 굴렸다. 주작 클랜에 직접 찾아가서 머리를 조아린 것이다.

그 결과, 이니지는 그 세력을 유지할 수 있었다. 비록 주작 클랜의 위성 세력이 되어서 매달 많은 양의 정수와 각성자를 받쳐야 했지만, 그래도 한 지역의 패자 자리를 유지할 수 있었던 것은 그의 수완 덕분이다.

'말 한 마디면 천냥빚을 갚을 수 있다. 잘만 한다면…….'

그렇게 생각하고 입을 열려고 했다. 허나 강혁준의 무자비한 선고가 더 빨랐다.

"쓰레기 중의 쓰레기가 바로 너였군."

강혁준은 300명의 각성자를 모두 죽여버릴 생각은 없었다. 지은 죄로 따지면 죽어도 할 말이 없겠지만, 나름 쓸때가 있었다. 하지만 그 쓰레기들의 수장은 답이 없다.

본보기를 보여주기 위해서라도 그는 처단되어야 했다.

쇄애애액……

주먹이 일직선으로 날아온다. 나도성 입장에서는 피하고 자시고할 것도 없었다.

푸욱!

혁준의 주먹이 명치를 강타 한다. 단순히 숨을 못 쉴 정도의 아픔이 아니었다.

"끄윽?"

나도성은 자신의 가슴을 내려다보았다. 거기에는 거대한 구멍이 나 있었고, 등 바깥쪽이 훤하게 보였다.

턱…… 쿵!

가슴 대부분이 도려진 것처럼 날아가버린 것이다. 그는 이내 무릎을 꿇었다.

나도성의 표정은 허망했다. 여태까지 온갖 더러운 일을 일삼으며 꾸역꾸역 살아온 날들이 모두 헛된 것이 되었다.

"나… 나는…."

끝끝내 말을 잇지 못하고 앞으로 고꾸라져버린다.

이니지 클랜은 단 한사람에 의해서 초토화가 된 셈이다. 이윽고 김한석과 이주성이 들어왔다.

'이렇게 될 줄은 알고 있었지만.'

그래도 어느정도 전투가 일어날 것이라고 생각했다.

하지만 강혁준이 이니지 클랜원을 일방적으로 분쇄했을 뿐이다.

"이건?"

이주성은 보스 나도성의 죽음을 확인했다.

'꿀꺽······.'

그는 입안이 바짝 마르는 것을 느끼며 억지로 침을 삼켰다. 여태껏 강혁준이 살수를 취하지 않았기에 어느정도 안심하고 있었다. 하지만 그것은 자비를 베풀었던 것뿐, 마음만 먹으면 언제든지 목숨을 거둘 수 있다는 것이 드러났기에 이주성은 두려움에 몸을 떨었다.

"이니지의 우두머리는 내가 죽였다. 그것이 너에게도 훨씬 편하겠지?"

강혁준은 나직한 목소리로 물었다. 김한석은 얼른 고개를 끄덕였다.

"네. 덕분에 일이 쉬워지겠군요."

"욕심 너무 부리지 말고, 잘 해라."

강혁준은 짧게 말했다. 사람이라는 동물은 권력을 가질 때와 그렇지 않을 때가 확연히 다르다.

'혹시 모르지. 그도 어리석은 선택을 할지도.'

김한석이 알량한 권력을 가지고 헛된 짓을 한더라도 상관은 없다. 그럴 때에는 알맞은 벌을 내리면 될 일이니까.

"알겠습니다."

김한석이 제일 먼저 한 일은 노예들을 불러모은 것이다. 그는 노예들의 족쇄를 하나하나 손수 부숴버렸다.

"여러분은 이제 자유입니다. 더 이상 이니지의 횡포에 겁 먹을 필요가 없어요."

그의 행동은 분명 칭찬 받을만한 것이었다. 하지만 이미 뼛속까지 노예 근성에 빠져든 비각성자는 눈치만 볼뿐, 아무도 기뻐하지 않는다.

"쯧……."

그것을 지켜보던 강혁준은 가볍게 혀를 찼다. 하지만 그는 구태여 그를 돕지는 않았다. 어차피 시간이 해결해줄 것이기 때문이다.

강혁준은 이주성을 시켜서 개박살이 난 이니지 클랜들을 모았다.

"……."

"……."

그 누구도 강혁준과 눈을 마주치지 못한다. 압도적인 무력으로 수수깡처럼 뼈를 뿌러뜨린 사내다. 치유 특성을 가진 각성자의 도움을 받으면 3일 이내에 완치가 될 정도의 상처였지만, 강혁준이 뿜어내는 압박감은 그들을 눈만 힐끔거리는 겁쟁이로 만들었다.

"너희들에게 두 가지 선택이 있다."

혁준의 일방적 통보가 시작됐다.

"한 가지는 저 곰 같이 생긴 친구의 말을 잘 듣고 착하게 사는 방법과."

머리가 나쁜 이들은 금세 교훈을 잃어버리고는 한다. 혁준은 그들에게 평생 잊지 않을 불꽃놀이를 보여주기로 했다.

'아니즈마 블라스터!'

최대한 마력을 적게 태운다. 그럼에도 그의 손에 쏟아져 나오는 에너지의 양은 어마어마했다.

콰콰콰쾅!

강혁준의 능력은 말 그대로 지형을 바꾸었다. 지진으로 반파된 아파트를 그대로 지워버렸기 때문이었다.

"……."

"……."

모두 입을 다물지 못한다.

스케일이 다른 파괴력에 모두 넋이라도 나간 표정을 짓고 있었다.

"내 손에 의해서 먼지 한톨 남기지 않고 지구상에서 사라지는 선택이지. 무엇이 더 현명한 선택인지는 잘 알겠지?"

강혁준의 질문에 모두 고개를 끄덕인다. 이로써 300명의 질 나쁜 각성자는 말 잘 듣는 개가 되었다. 적어도 목숨이 아깝다면, 김한석의 명령을 거부할 일은 없을 것이다.
"나머지는 모두 너에게 맡기지."
"가… 감사합니다."

김한석은 말을 더듬었다. 강혁준의 무력시위는 그에게도 큰 감명을 준 모양이다.

'이제 슬슬 떠나볼까?'

최대한 빠르게 정리했다지만, 시간을 낭비했다는 생각도 들었다.

※

주작 클랜은 본래 대기업 일가가 힘을 합쳐서 만든 클랜이었다. 판데모니엄이 시작되고 기존에 가지고 있던 사회 인프라는 모두 박살 나버렸다.

재벌가였던 김씨 일가는 그대로 몰락할 뻔 했다. 하지만 그런 위기에도 그들은 단결된 힘으로 뭉치는 것에 성공했었다.

바로 김주진 회장의 지도력 덕분이었다.

김주진 회장은 곧바로 정수를 획득해서 각성에 성공한다. 그리고 김씨 일가는 한 명도 빠짐없이 각성에 도전하게 만들었다. 그것은 권유가 아니라 명령이었다.

몇몇은 유혹에 견디지 못하고 악마가 되어서 죽임을

당했다. 하지만 그것으로 김주진 회장의 결심을 막지는 못했다.

새로운 세계에 살아남기 위해서는 냉혹해질 필요성이 있었다.

일가의 어린아이라고 할 지라도 정수를 흡수하게 만들었다. 그 결과, 단 기간에 많은 각성자를 보유하게 되었다.

김주진은 만족하지 않았다. 그는 대기업을 경영해본 경험이 있다. 한국 대기업 특유의 문어발 확장을 여기서도 선보인 것이다.

정수 광산을 많이 가지기 위해서 땅이 많이 필요하다는 사실을 누구보다 빨리 알아챈 그는 땅을 마구 정복했다.

그러는 도중 많은 김씨 일가가 피를 뿌렸지만, 그는 불도저처럼 일을 추진했다.

판데모니엄 이후, 5년이란 시간이 흐르고 서울과 경기도권 지역을 대부분 집어삼킨 이가 바로 주작클랜이다.

"회장님……"

판데모니엄이 시작되고, 의학은 완전히 퇴보되고 말았다. 치유 특성을 가진 각성자만 있다면, 의학은 필요없었다.

하지만 지금 김주진 회장은 날고 기는 치유 특성을 가진 각성자라 할지라도 고치지 못할 병을 얻고 말았다.

"이 일을 어떻게 하지?"

김주진 회장의 측근은 매일 고심했다.

"각성자는 뭐라고 하던가?"

"그게…… 아무리 능력이 뛰어나더라도, 정해진 수명을 더 늘일 수는 없답니다."

김주진 회장의 병명은 따로 없었다. 그저 나이를 많이 먹어서 떠날 때가 된 것이었다.

물론 그동안 온갖 수단을 찾아보았다. 의학이 퇴보한 지금, 그나마 한의학이 관심을 받았다. 한의학은 약재와 침술만 있으면, 사용할 수 있었기 때문이었다.

"아무래도 힘들 것 같습니다."

마지막 동아줄이었던 한의사까지 고개를 저었다. 이제 김주진의 죽음은 확정된 것이나 마찬가지였다.

"허어…… 이 일을 어찌할꼬?"

"그러게 말입니다. 그나마 회장님이 의식이라도 있으시다면……."

주작 클랜은 대한민국에서 제일 커다란 조직이었다. 다만 문제가 있다면 김주진이 죽고 뒤를 이을 후계자 구도가 정해지지 않았다는 점이다.

대기업 시절, 이사직을 수행했던 측근들은 모두 노심초사했다. 후계 문제로 내홍을 일으키기에는 외부의 문제가 산재해있었던 것이다.

"그 이야기는 들었지요?"

"네. 바다 건너에서 새로운 악마들이 나타났다고 하더군요."

포탈을 타고 나타난 악마는 무척이나 막강했다. 금수와 마찬가지였던 데몬은 차라리 상대하기 쉽다. 하지만 지성을 가진 데빌은 인류 전체의 생존을 위협했다.

"미국 본토가 초토화되었다고 하더군요. 쯧쯧……."

"알래스카로 넘어오는 난민들이 한둘이 아니랍디다."

어비스에서 강혁준이 4대 악신의 세력을 일소한 점은 분명 커다란 이득이었다. 하지만 그것은 지상으로 진출한 데빌들에게 큰 경각심을 가져다 준 것이다.

'우리끼리 힘을 합쳐야 한다.'

데빌 4대 세력은 유래를 찾아볼 수 없는 연합을 이룩해냈다. 그들이 힘을 합치자 생각지 못한 시너지 효과를 가져왔다.

그 앞에 인간이 이룩해낸 클랜의 힘은 미천하기 그지 없었다. 아메리카 대륙 자체가 데빌의 손에 떨어지는데 걸린 시간은 그리 길지 않았다.

"어떻게든 힘을 합쳐서 악마들에 대적해야 되오."

"하지만 과연 젊은이들이 그럴까요? 다들 동상이몽에 빠져서 눈앞의 이득만 보고 있습니다."

김주진의 측근들은 한숨만 쉬었다.

눈 앞의 파멸이 점차 다가오고 있는데, 회장의 자식들은 서로 힘겨루기만 할뿐이다.

"하아……."

회의 시간은 점점 길어졌다. 하지만 무엇하나 속시원한 해결책은 보이지 않았다.

⚜

여행에는 이틀이 걸렸다.

간혹 멋 모르고 달려드는 데몬이 있었지만 그들은 강혁준의 한끼 식사가 되었을 뿐이다.

데몬으로 만들어진 고기는 독을 품고 있었기 때문에, 일반적으로는 먹을 수 없는 것으로 취급된다. 하지만 강혁준이 가지고 있는 저항력은 인간 수준을 한참 넘어섰다. 그는 아무렇지 않게 데몬 고기를 구워먹었다.

"꿀꺽……."

멀지 않은 곳에서 몇몇 난민이 보인다. 판데모니엄이 진행되고 난 뒤, 이렇게 떠돌아다니는 난민을 찾는 것이 어렵지 않았다.

가까이 다가온 이는 얼굴에 땟국물이 가득한 어린아이였다. 예전의 강혁준이라면 무시했을지도 모른다. 하지만 강혁준은 먹으려고 굽고 있던 고기를 내밀면서 말했다.

"먹을래?"

강혁준은 일부러 스킬을 사용해서 고기에 담긴 독을 제거했다. 아이는 주저했지만 배고픔이 그를 행동하게 만들었다.
　아이는 도둑 고양이처럼 고기를 낚아채더니 얼른 그 자리에서 도망쳤다.

Part 133 : 블랙 바이퍼

마치 새끼 고양이를 보는 듯 했다. 언뜻 보기에 강혁준은 냉혹한 사람으로 보기 쉬웠다. 하지만 꼭 그렇지는 않다.

그는 자신이 할 수 있는 일과 할 수 없는 일을 구분할 뿐이다. 5년전이라면, 강혁준이 가진 능력은 결국 한계에 부딪혔을 것이다.

'하지만 지금은 그렇지 않지.'

SSS급 등급을 달성했고, 그에 걸맞는 강력한 스킬로 무장했기 때문에 전과는 비교할 수 없는 상태다.

'문제는 그 방법인데.'

강혁준에게는 두 가지 길이 열려 있었다. 첫 번째는 세기말 패자가 되는 길이다. 반대 세력을 오로지 힘으로 눌러버리는 것이다.

　모든 권력은 강혁준 1인에게 통하고, 그에 반하는 사람은 숙청될 뿐이다.

　지금이라면 불가능한 일도 아니다. 어비스에서 그는 이미 4대 세력을 일소한 적이 있다. 그에 비하면 불구나 마찬가지인 인간 세력은 청소하듯 집어 삼킬 수 있을 것이다.

　'별로 마음에 들지 않아.'

　효율성은 나쁘지 않다. 하나의 구심점을 통해서 인간 모두의 힘이 합쳐지는 세상. 악마들을 물리치는데에는 좋은 방법이다. 하지만 강혁준은 고개를 저었다.

　'숭배 받고 싶지는 않아.'

　어비스를 통합하고 나면, 얼마든지 황제가 될 수 있다. 무소 불위의 권력을 누리면서 그의 후손에게 왕위를 물려줄 수도 있을 것이다.

　하지만 그러고 싶지 않은 것도 사실이다. 여태까지는 어쩔 수 없이 많이 이를 거느렸지만, 그건 어디까지나 어쩔 수 없었기 때문이다.

　'일단 성격에 맞지 않고. 그저 힘이 강하다고 누군가를 지배하는 것은 영 마음에 들지 않아.'

　어비스의 주민들은 강혁준을 칭송한다. 물론 강혁준도 그것이 좋은 의미라고 생각한다. 하지만 몇몇은 강혁준을 과도하게 숭배하는 무리도 생겨났다.

일부러 개인 숭배를 금지 시켰지만, 그 당시 기분이 그리 좋지는 않았다.

 '모든 일이 끝나면, 조용히 살자.'

 어비스로 돌아갈 것이다. 그리고 집정관으로서 어비스를 안정시키는 것이 끝나면 욕심 없이 재야에 묻혀서 살 생각이다.

 후대의 집정관은 투표에 부치거나 아니면 능력 있는 인재에게 물려줄 생각이었다.

 '세기말 패자가 되는 것은 싫다. 그러면 남은 방법은 구세주가 되는 것이지.'

 구세주가 되는 것도 마음에 들지는 않는 건 마찬가지다. 그 역시 부담스러운 자리인데다가 과도한 관심이 쏟아질 것이다. 하지만 인류의 힘을 합치기 위해서는 어느정도 스탠스가 필요하다.

 '인류를 위한 히어로인가? 귀찮은 일이 많을 것 같지만, 어쩔 수 없지.'

 아까 고기를 받아간 꼬마는 멀지 않은 곳에 있었다. 혁준이 나눠준 고기는 양이 얼마 되지 않았다. 오히려 그걸로 배를 채우자 더 배가 고픈 모양이다.

 '히어로가 되기 위한 훈련인가?'

 강혁준은 자리에서 일어났다. 그리고는 잡아둔 데몬 고기를 통째로 가열시켰다.

마력을 다루는 솜씨는 시간이 갈수록 좋아졌다. 그 덕분에 강혁준은 고기를 태우지 않고 알맞게 구워냈다.

쮸와아아악!

마지막으로 고기에 있던 독까지 제거했다. 누가 먹어도 아무런 문제가 없는 것이 되었다.

"꿀꺽……."

아까 그 아이가 고기를 먹던 장면을 유심히 살펴본 난민이 대다수다. 데몬 고기를 먹으면 분명 탈이 나는 것은 알고 있었다. 하지만 아이는 시간이 지나도 그 어떤 부작용을 보이지 않고 있었다.

'저건 먹어도 되는가봐.'

'하지만… 저 사람은 각성자가 분명해. 괜히 다가가면 다칠지도 몰라.'

각성자는 비각성자를 멸시한다. 때문에 그들은 강혁준이 다가오는 것을 두려워했다.

강혁준 역시 단번에 그 기색을 읽어 냈다.

타다닥……

강혁준은 고깃덩어리를 남기고 그 자리에서 떠났다. 어차피 말을 붙인다고 하더라도 오해가 쉽게 사라지지 않는다.

'천천히 해결하자. 이 문제는…….'

강혁준이 사라지자 난민들은 서로 눈치를 본다. 하지만 고기에서 풍겨지는 냄새가 그들을 크게 자극했다.

제일 먼저 용기를 낸 이는 처음 강혁준에게서 고기를 얻어먹은 꼬마아이였다.

그는 맛있게 구워진 데몬 고기를 입에 넣었다. 약간 뜨거웠지만, 육즙이 듬뿍 흘러나온다.

"후… 후…."

아이는 행복한 표정을 지으면서 고기를 먹었다. 그 모습에 다른 난민들도 너나 할 것 없이 달려든다. 고기 양은 많았지만, 빠른 속도로 사라지기 시작했다.

⚜

주작 클랜은 철저한 계급제 사회다. 각성자들도 등급에 따라 천차만별의 대우를 받고 있었다.

아직 아무도 S등급을 달성한 사람은 없다. 그러다보니 자연스레 S등급은 인간들에게 있어서 신의 경지나 다름없게 인식되었다.

하지만 A등급에 도달한 이들은 몇 있었다.

김주찬은 그 몇 안 되는 A급 각성자다. 그뿐 아니라 그는 회장 김주진의 직계 후손이었다. 그렇기에 많은 이들이 그가 차기 클랜 마스터의 자리에 오를 것이라고 여기고 있다.

하지만 그런 김주찬이라 할지라도 만만찮은 경쟁자들이 존재했다.

어두운 암실.

A급 각성자 김주찬과 그를 위시하는 부하들이 은밀한 대화를 나누고 있다.

"빌어먹을······."

김주찬은 화가 머리끝까지 나 있었다. 그의 할아버지인 김주진은 의식불명의 상태다. 실력으로보나 세력으로보나 김주찬을 따르는 이가 클랜에서 제일 강하다.

이대로 그가 새로운 클랜 마스터가 될 것이라고 여기었다. 하지만 문제는 노망난 김주진의 유언이다.

어제 저녁, 잠깐이었지만, 회장 김주진이 의식을 차렸다. 소식을 들은 김주찬을 비롯한 측근들이 그 자리에 달려갔다.

모두가 모인 자리에서 김주진은 유언을 말하기 시작했다. 그곳에 참석한 이들 모두가 다음 클랜 마스터는 김주찬이 가져갈 것이라고 여기었다. 하지만 회장의 입에서 나온 말은 전혀 예상외였다.

"주아야······ 주아는 여기 있느냐?"

김회장은 자신의 손녀를 찾았다.

"네. 저 여기 있어요."

가지런한 흑발의 소녀였다. 이제 갓 15살쯤 되었을까?

이곳에 참석하기에 영향력이나 세력은 턱없이 약했다. 하지만 김회장이 늘 예뻐하던 손녀였기에, 특별히 이곳에 참석할 수 있었다.

"그래. 주아야…… 쿨럭."

김 회장은 기침을 터뜨리자 가까이 있던 측근이 그를 부축했다.

"나는 괜찮다. 후우……."

허나 말과는 다르게 그는 힘겹게 말을 이어나갔다.

"내 후계에 대해서 말하겠다."

"회장님……."

사람들이 곤란한 표정을 지었다. 하지만 많은 이들이 기다리던 내용이기도 했다.

"내 후계는…… 주아가 뒤를 이을 것이다."

그것은 청천벽력 같은 이야기였다.

"할아버지?"

물론 김주아 역시 놀란 표정이었다. 고작 15살 나이의 그녀에게 권력이 주어질 것이라고는 아무도 예상하지 못했다.

"괜찮다. 이것이 모두 너를 위한 것이니까."

김회장은 눈을 부릅뜨고 다시 말했다.

"내 유언은 이미 정해졌다. 불만이 있으면 이 자리에서 당장 말해라."

서슬퍼런 목소리로 그가 말했다.

"네. 알겠습니다."

측근들은 하나 둘, 김 회장의 유언을 받아들였다.

"주찬아……."

그곳에서 승복하지 않은 사람은 단 한명, 김주찬이었다. 그는 몸을 부들부들 떨고 있었다. 약속된 자리라고 생각했건만, 마지막에 와서 그의 친할아버지가 길을 막고 있다.

"알겠습니다……."

이윽고 김주찬도 승복하고 말았다. 클랜에서 제일 가는 유망주라 할지라도 김회장 앞에서는 반딧불에 불과했다.

"후우…… 그러면 되었다."

그제서야 김회장은 안심했다.

그는 김주찬의 성향에 대해서 파악하고 있었다. 그는 매우 속 좁은 인물이었다.

주아는 김회장이 그냥 예뻐했을 뿐이다. 이미 죽은 마누라를 빼다 닮았기 때문이다. 그저 혈육으로서 가까이 두었을 뿐인데도, 김주찬은 그것을 시샘했다.

'아마도 내가 죽으면 녀석은 무슨 수단을 써서라도 주아를 해칠 생각이겠지?'

김주찬이 얼마나 잔인한 성격인지 김회장은 이미 알고 있었다. 다만 그 능력이 뛰어나서 내치지 않았을 뿐.

'주아를 살리려면 방법은 이것뿐이다.'

이미 가까운 측근들에게 일러두었다. 무슨 일이 있어도 주아를 보좌해달라고.

유언을 전하고 얼마 되지 않아서 김회장은 다시 혼수상태에 빠지고 말았다. 누가 봐도 김회장의 수명은 그리 길지 않았다.

"이대로라면 그 요망한 년에게 자리를 빼앗기게 생겼다."

"도련님……."

김주찬을 옆에서 따르던 부하들은 모두 말을 잇지 못했다. 김주찬의 몰락은 그들에게도 큰 의미를 가지기 때문이다.

단단한 동아줄이라고 믿었건만, 사실은 썩은 동아줄이었기에, 부하들도 크게 실망을 했다. 하지만 그것을 겉으로 표현 할만큼 멍청하지는 않았다.

"방법을 생각해봐."

김주찬은 멀쩡한 탁자를 반으로 박살내며 강하게 윽박지른다. 부하들은 움찔했다. 평소에는 친절하고 온화한 척 겉모습을 꾸미지만, 그 속마음은 독사의 그것과 다름없다.

여기서 괜히 잘못 행동했다가는 큰 불이익을 받을지 모른다.

눈치를 보던 부하 하나가 손을 들었다.

"말해봐."

"넵. 이 기회에 독립을 하시는 것이 어떻겠습니까? 저를 비롯해서 수많은 클랜원은 주찬님을 따르겠습니다."

나름 자신의 충성도를 표현한 것이다. 제 아무리 상황이 나쁘더라도 끝까지 따라가겠다는 뜻이기도 했다.

다만 그 대상이 나쁘다.

뻐억!

김주찬은 조언을 한 부하의 배를 있는 힘껏 차버렸다.

"커헉……."

단번에 뒤로 날아가는 부하.

김주찬은 A급 각성자다. 그가 날린 발차기는 무시무시한 힘을 담고 있었다.

"쿨럭…… 쿨럭……."

다행이 죽지는 않았다. 그의 능력 자체가 몸을 강화시키는 형태였다. 만일 그렇지 않았다면 단번에 절명했을 터.

"멍청한 녀석. 나는 주작 클랜을 원한다. 여기서 내 세력을 끌고 나가면 산적 두목밖에 더 되겠나?"

"……."

"……."

많은 이들이 입을 다물었다.

"이런 멍청한 놈들을 데리고 있으니. 내가 이런 치욕을 당하지."

따지고보면 부하들은 아무런 잘못이 없다. 하지만 김주찬은 현 상황에 대해서 누군가에게 책임을 전가하지 않으면 참을 수가 없었다.

"후우······."

부들부들 떨고 있는 와중에 부하 하나가 손을 들었다.

"드리고 싶은 말이 있습니다."

"해 봐."

"조심스럽게 드리는 말씀인데······."

그는 주변을 살펴본다. 당연히 그들 이외에 이야기를 듣는 사람은 없다. 하지만 그만큼 위험한 발언이기도 했다.

"제가 아는 집단이 하나 있습니다만. 그들이라면 도련님의 문제점을 해결할 수 있을 것 같습니다."

"자세히 이야기 해봐라."

시간이 지나면서, 갖가지 성격을 가진 단체가 우후죽순으로 생겨났다. 그 중에서는 청부 살인업을 주 목적으로 하는 이도 있었다.

그 이름은 블랙 바이퍼.

암살에 특화된 각성자가 모여져 있었다. 여태까지 그들의 손에 유명을 달리한 이가 수백명이 된다는 소문이 돌 정도로 그 악명이 자자했다.

Part 134 : 블랙 바이퍼 (2)

암살 조직을 소개하는 부하의 태도는 조심스러웠다. 아무래도 혈육을 암살하라고 부추기는 것이기에.

하지만 김주찬의 표정은 유래가 없을 정도로 밝아졌다.

"그렇단 말이지?"

김주찬은 더없이 흡족하다는 표정을 지었다.

"수락하지. 당장 그쪽에 의뢰 넣어."

"저기…… 다만 그곳이 실력은 좋은데, 값이 좀 비쌉니다만."

"상관없다. 비용은 내가 전부 감당할테니. 너는 얼른 그들과 접촉해라."

"아…… 알겠습니다."

후계 자리를 위해서라면 김주찬은 얼마든지 비열한 짓을 할 준비가 되어 있었다.

후에 그녀가 암살된 것을 두고 별에 별 이야기가 나올 수도 있지만 김주찬은 그 점을 걱정하지 않았다.

'어차피 역사는 승자에 의해서 쓰여지기 마련이지. 후후후…'

⚜

블랙 바이퍼.

그들은 소규모 조직이며, 사람의 발길이 닿지 않는 은신처에 거주했다. 그렇기에 의뢰를 넣기 위해서는 특별한 수단을 사용해야 했다.

완전히 말라버린 분수.

반파된 석상들이 바닥에 흐트러져 있다. 이곳은 사람자체가 거의 찾지 않았다.

"후우……."

김주찬의 부하는 주변을 둘러보았다. 역시나 아무도 보이지 않는다.

'진짜 소문대로 이게 될까?'

블랙 바이퍼에게 의뢰를 넣는 방법은 단 한 가지였다. 먼저 500원짜리 동전을 준비한다. 날카로운 단검으로 X자

표시를 한다. 그리고 말라버린 분수에 던저 놓는다.

그리고 근처에 낡은 집에서 하룻밤을 보내야 했다.

'으슬으슬한데?'

다 무너지는 집안이었다. 하지만 블랙 바이퍼와 조우하기 위해서는 어쩔 수 없었다.

곧 야심한 시각이 되었다. 남자는 꾸벅꾸벅 졸다가 이내 뭔가 이상한 느낌이 들어서 주변을 살펴보았다.

"안녕하시오."

창문에 걸터앉은 남자가 한 명 있었다. 그는 두건으로 얼굴을 가리고 있었기에 정체를 알 수는 없었다.

"혹시 블랙 바이퍼…… 됩니까?"

"맞소. 우리가 좀 까다로운 성격이라."

그의 말대로다. 블랙 바이퍼는 직업 특성상 원한을 사기 쉽다. 그래서 이렇게 의뢰인을 만나는 것에도 조심을 하는 것이다.

"괜찮습니다."

"좀 불편한 점은 있지만, 우리 서비스가 그리 나쁜편은 아니오. 사실 이게 좀 신용이 필요한 일이거든."

"그건 잘 알고 있습니다."

"자아. 그럼 의뢰내용부터 들어볼까?"

남자는 긴장된 목소리로 말했다.

"타겟 자체는 어렵지 않은데. 다만 호위 병력이 꽤나

많아서 어려울 수 있습니다."

"세상사 쉬운 일은 없지."

"타겟의 이름은 김주아. 주작 클랜의 새로운 후계자입니다."

"하하하……."

두건을 쓴 남자는 마른 웃음을 보였다. 이윽고 그가 말했다.

"얼마를 생각하고 있지?"

촤르륵……

남자는 품에서 정수 주머니를 꺼내었다. 그 안에는 높은 등급의 정수가 한 움큼 들어있었다. 두건을 쓴 남자의 눈에 약간의 이채가 섞였다.

"이건 착수금입니다. 일을 성공하면 똑같은 양으로 하나 더 준비하지요."

"하핫. 좋소. 이번 의뢰주는 화통하군."

두건을 쓴 남자는 손을 내밀었다. 그러자 정수가 담긴 주머니가 쑤욱하고 빨려 들어왔다.

'염동력이라도 가진 모양이군.'

눈에 보이지 않는 염동력은 암살에 매우 유용한 수단 중 하나다.

"나머지는 우리에게 맡기시오."

블랙 바이퍼는 그렇게 말하고 창문 밖으로 뛰어내린다.

남자는 뒤늦게 창 밖을 둘러보지만 그의 모습은 완전히 사라진 후였다.

⚜

김주아를 암살하기 위해서 최정예 블랙 바이퍼 5명이 급파되었다. 노련한 암살자로서 그들 손에 인생을 마감한 자들이 한 둘이 아니었다.

"이봐. 32호, 그거 하지 않을래?"

블랙 바이퍼는 서로 이름을 부르지 않았다. 그보다 넘버링을 붙여서 불렀다.

"일을 하기 전에 몸을 가볍게 하는 것도 좋지. 흐흐……."

32호는 동료의 말에 호응한다. 그러자 파티의 최연장자인 3호가 나직이 말했다.

"적당히 해라. 그러다가 뼈 삭는다."

"가볍게 즐기고 오겠습니다."

"임무에 지장 갈 일은 절대 하지 말도록."

"알겠습니다."

32호와 55호는 무리와 떨어져 나간다. 그것을 지켜보던 블랙 바이퍼 하나가 3호에게 말했다.

"괜찮겠습니까?"

"어리석은 짓을 할만큼 어중이떠중이가 아니다."

3호는 이번 암살행을 책임지고 있었다. 이번 일이 중요하긴 하지만, 그렇다고 크게 염려하지도 않았다. 그만큼 그는 자신과 동료의 능력을 믿고 있었다.

아직 해가 중천에 떠 있었다. 작전 시작은 모두가 잠든 야심한 시각에 계획되어 있었다. 32호와 55호는 그 시간까지 기다리는 것이 너무나도 무료했다.

그렇기에 그들은 오입질로 시간을 떼울 생각이다. 그들은 주작 클랜에 의해서 운영되는 사창가로 향했다.

그런데…….

"이봐."

32호가 능글맞은 목소리로 동료를 부른다.

"무슨 일이야?"

"저거 봐라."

32호가 가리킨 곳은 난민촌이었다. 보호 받지 못하는 비각성자들이 모여 사는 동네다.

"이봐. 내가 얼마 전에 했던 이야기 기억나지?"

"아… 아…. 그거?"

32호는 판데모니엄 이전에 성범죄자였다. 그는 자신의 힘을 이용해 여성을 겁탈했다. 잡혀서 죗값을 치르던 중, 세상이 뒤집어진 것이다.

그는 블랙 바이퍼에 가입한 후에도 동료 모르게 몰래

여인을 겁탈해 왔다.

그 일은 전보다 더 쉬웠다. 비각성자는 그에게 있어 정말로 무력한 존재였다.

게다가 그가 가진 능력 덕분에 잡힐 위험도 적었다. 32호는 새로운 세상이 너무나도 마음에 들었다.

"어때? 이번 기회에 너도 한번 해볼래?"

55호의 고민은 그리 길지 않았다. 32호와 곧잘 어울리는 그 역시 인성이 매우 쓰레기였던 탓이다. 그는 흔쾌히 고개를 끄덕였다.

그 둘은 곧바로 강간 모의를 나누기 시작했다. 화대를 지불하고 정을 통하는 것보다, 강제적으로 힘을 휘둘러서 여자를 취하는 것이 그들에게 있어서 더 즐거움을 주었기 때문이다.

32호와 55호는 난민촌 안으로 들어가서 곧바로 희생자를 찾기 시작했다.

✤

그 시각.

강혁준은 주작 클랜의 영향권에 들어섰다. 먼저 하루 이틀 쉬면서 주작 클랜에 대해서 알아볼 작정이었다.

제일 쉬운 것은 대문을 박차고 들어가서 주작 클랜을 박살내는 방법이 있다. 하지만 그 방법은 너무 극악이었다.

'쓸데 없는 인명 피해도 생길 것이고.'

찾아보면 그보다 더 좋은 방법이 있을 것이다. 먼저 주변 정세부터 살폈다.

"어르신……. 부디 정수 하나만 주십시오."

주작 클랜은 이 근방에서 커다란 제국이나 마찬가지였다. 그들은 막강한 세력을 구축했으며, 많은 수의 각성자가 존재했다.

그럼에도 그곳 인구의 대다수는 비각성자들이 차지하고 있었다. 안전한 중심부와 다르게 외곽은 위험했으며, 먹을 것이 늘 부족했다. 그렇기에 많은 비각성자들이 이렇게 구걸을 하곤 했다.

혁준은 제일 가치가 떨어지는 정수 두어개를 노숙자에게 주었다. 값어치가 뛰어난 정수가 훨씬 많았지만, 그런 것을 주었다가는 1시간도 되지 않아서 다른 이들에게 빼앗기게 될 것이다.

그 과정에서 재수가 없으면 맞아죽을지도 모르는 일이다.

난민촌 안으로 더 들어갔다. 그러자 몇몇 주작 클랜원이 사람을 모으는 장면이 보였다.

"데몬 사체를 옮길 사람이 필요하다. 보수는 무색 정수 20개를 주마. 관심이 있으면 따라오도록."

시체 수거반.

데몬 종류에 따라서 그 사체를 무기나 방어구로 만들기도 한다. 하지만 그러기 위해서 사체를 옮겨야 하는데, 그 일이 여간 고된 것이 아니다.

간혹 데몬 사체의 냄새를 맡고 다른 데몬이 습격을 하거나 독을 품은 데몬에 의해서 몸이 녹아내리기도 했다. 하지만 대다수의 주민들이 그 일이라도 원했다.

정수로 식량을 구하기 위해서였다. 대다수의 비각성자가 난민촌을 이루고 처참한 생활을 하면서도 이곳에 생활하는 이유는 그것이었다.

지독한 식량난.

'저거부터 해결해야 할텐데.'

식량난을 해결할 방법을 찾는 것이 우선이다.

주작 클랜원이 몇몇의 난민을 끌고 사라졌다. 일을 얻지 못한 난민들은 고개를 떨구고 집으로 돌아간다.

강혁준은 일단 이곳에서 하룻밤을 지내기로 마음 먹었다.

그러던 와중에 웬 당돌한 꼬마 하나가 강혁준의 옷자락을 집어 당긴다.

"선생님. 선생님."

강혁준은 실소를 감추지 못했다. 난생 처음 보는 자신을 보고 선생님이라니.

"저는 이곳에서 제일 가는 길잡이랍니다. 무색 정수 하나면 어디든지 안내해드리지요."

아이의 눈은 빛이 나고 있었다. 아무리 척박한 환경에도 희망을 잃지 않고 살아가는 이는 있기 마련이다.

혁준은 가볍게 말했다.

"하룻밤 편하게 지내고 싶은데?"

"아하! 그러시다면 제가 좋은 곳을 알고 있지요."

아이는 혁준의 손을 잡는다. 그리고 힘차게 앞으로 걷기 시작한다. 강혁준은 그것을 못 이기는척 따라갔다.

⚜

아이가 데려간 곳은 다 쓰러져가는 판자촌이었다. 지진으로 인해 벽이 허물어진 곳이 군데군데 보인다. 그것을 허술하게 천으로 가리긴 했지만, 도저히 사람이 지낼만한 곳으로 보이지는 않았다.

"이곳이랍니다. 비가 조금 새긴 하지만, 남향에 조망권도 좋다구요."

그의 말대로 창밖으로 무너진 도시의 모습이 훤히 보이기는 한다.

"그래. 네 말대로 좋구나."

혁준은 안내비로 무색 정수 하나를 주었다.

아이는 그것을 받고 집 안으로 들어간다. 나름 작은 목소리로 말했지만, 강혁준의 귀에는 다 들렸다.

"엄마! 이것 봐요. 제가 벌어온 거라구요."

"어디서 훔치기라도 한 거니?"

생각보다 젊은 여인의 목소리다.

"아니라구요. 길 안내를 하고 받았어요. 게다가 손님도 데리고 왔어요. 남는 방에 재워주면 정수를 더 벌 수 있다구요."

혁준은 기가 막혔다. 꼬맹이는 강혁준을 자신의 집으로 데리고 온 것이다.

"보니깐 주머니에 정수가 많았어요. 그 아저씨에게 잘만 보이면 많은 정수를 벌 수 있을지도 몰라요."

의도치않게 한 명의 호구가 된 것이다. 곧이어 아이가 다시 나왔다.

"제가 방을 안내해드릴게요."

아이의 손에 이끌려 집 안으로 들어왔다. 그리고 그 안에서 아이의 어머니를 만날 수 있었다.

"금방 청소해드릴게요. 잠시 여기에…."

그녀는 꽤나 미색이 고운 편이었다. 다만 제대로 먹지를 못해서 손목이 앙상해보인다.

이윽고 여인은 방을 청소했다. 그럼에도 습기가 차서 방이 눅눅하고 곰팡이가 쓸어져 있었지만 말이다.

강혁준은 제법 큰 정수 하나를 꺼낸다. 그리고 그녀에게 던져주며 말했다.

"여기, 방값이오."

아이의 어머니는 연신 허리를 숙인다. 혁준에게 큰 값어치가 없는 등급이지만, 난민들에게 그것은 황금 덩어리나 마찬가지였다.

그녀는 떨리는 손으로 그것을 받아들였다.

"이렇게 많이 주시다니……."

"거스름돈은 필요 없다."

강혁준은 쿨하게 말했다.

'이거라면 올해 겨울은 무사히 날 수 있어.'

먹을 것이 점점 떨어져가는 와중에 혁준이 준 정수는 큰 도움이 될 것이다.

Part 135 : 징벌 (1)

"먹을 것 좀 마련해 올게요."

이정도 정수라면 평소에 맛보기 어려운 고기도 맛볼 수 있을 것이다.

여인의 이름은 임수정.

판데모니엄 이전에는 단란한 가족을 이루면서 살고 있었다. 세상이 바뀌면서 남편을 여의고 지금은 10살배기 아들과 힘겹게 삶을 이어나가고 있는 그녀.

'그래도 이것만 있으면, 아들을 배부르게 해줄 수 있어.'

아들이 데리고 온 남자는 그녀가 보기에도 범상치 않다. 하지만 그녀는 깊게 파고들지 않기로 마음 먹었다.

'어서 이것부터 처분하자.'

그 시각.

강혁준은 여인을 따라가고 있었다. 그녀에게 건네 준 정수는 꽤나 값어치 있는 것이었다. 본래 제물이라는 것은 의도치 않는 불행을 부른다.

'귀찮지만 어쩔 수 없지.'

강혁준은 다음부터 최하급 무색 정수를 가지고 다니기로 마음먹었다.

⚜

그 시각.

32호와 55호는 난민촌에 들어섰다.

"젠장……."

처음 둘은 강간을 할 생각에 흥분했다. 하지만 그 열정은 크게 식어버리고 말았다.

"다 볼품없는 것들만 보이네."

"그러게 말이다. 어휴……."

오랜 식량난으로 난민들은 제대로 먹지 못했다. 피골이 상접한 모습을 보니, 불 같던 욕구도 금세 사그러드는 것이다.

"이럴 줄 알았으면, 그냥 사창가로 가는 게 훨 나았잖수."

"미안하다. 쩝."

32호는 사과를 했다. 새로운 재미를 알려줄려고 했는데, 예상대로 되지가 않았다.

이만 포기하고 돌아가려는 찰나.

"어라?"

55호가 갑자기 반색을 한다. 그리고는 손가락으로 한 곳을 가르켰다.

"방금 저년 봤소?"

"어. 나도 봤다."

멀지 않은 곳에 임수정이 지나가고 있었다. 거적떼기로 얼굴을 숨기고 있었지만, 변태의 고성능 레이더를 피해갈 수 없다.

"삐쩍 마른 것이 좀 아쉽지만."

"그래도 저 정도면 땡큐지. 얼굴도 반반하고."

이만 포기하려고 했다. 하지만 그 순간 입맛이 동하는 먹잇감이 발견된 것이다.

마침 그녀가 인적이 드문 곳에 도달했다. 32호는 달아오른 마음을 참지 못하고 먼저 움직였다.

32호가 가지고 있는 능력은 유체화로, 숨을 참는 시간동안은 마치 연기처럼 이동하는 것이 가능했다.

스으으으윽……

검은 연기가 바닥에 깔려서 움직이기 시작했다. 타겟이라고 할 수 있는 임수정은 그것도 모르고 발걸음을 옮기고 있다.

이윽고.

탁!

임수정은 순간적으로 옴 몸에 오한이 들었다. 무언가가 자신의 발을 잡아당긴 것이다.

"아……."

그녀는 놀라서 뒤를 돌아보았다. 바닥에는 정체를 알 수 없는 것이 그녀의 발을 붙잡고 있었다.

쉬이이익….

검은 색의 연기는 점차 사람 모양을 취하기 시작했다. 이윽고 온 몸에 털이 가득한 중년의 남성이 모습을 드러냈다.

"까아야아악."

임수정은 새된 비명을 질렀다. 하지만 그것도 잠시 커다란 주먹이 그녀의 배를 때렸다.

"……."

32호는 강간의 프로페셔널이다. 어떻게 하면 딱 상대를 무력화시킬만큼 충격을 주는지 잘 아는 사내였다.

"후후후……."

갑작스러운 충격에 그녀는 정신을 잃고 말았다. 이곳은 사람이 지나갈 수 있는 장소였다. 그는 좀 더 은밀한 장소로 그녀를 데려 가기고 마음먹었다.

"따라오게나 흐흐."

32호는 비릿하게 웃더니 앞장서서 인적이 드문 골목길로 들어섰다.

그리고…….

그 뒤를 따르는 그림자가 하나 더 있었다.

⚜

어두운 지하실.

창문 사이로 햇빛이 비치지 않는다면, 완벽한 어둠의 장소일 것이다.

"아……."

임수정은 그곳에서 눈을 떴다.

"여기는?"

이윽고 기억이 되돌아왔다. 놀란 그녀는 주변을 이리저리 둘러보았다.

"생각보다 금방 일어나는군."

"크크크…."

32호와 55호는 음흉한 웃음을 지으며 대화를 나누었다. 특히 55호는 새로운 경험(?)을 한다는 생각에 무척 흥분한 모양새다.

"누… 누구시죠? 저한테 왜 이러는 거에요?"

임수정은 두려움에 가득차서 말했다.

"후후… 우리가 누구냐고?"

"뭐 굳이 이야기하자면, 네 년에게 새로운 즐거움을 알려줄 귀인이라 해두지."

32호는 시커먼 손으로 그녀의 턱을 잡았다.

'허허. 고것 참……. 이리저리 돌려볼수록 마음에 드는군.'

임수정은 급한 마음에 그의 손을 뿌리쳤다.

"이… 이러지 마세요. 제발……."

그녀는 애원조로 말했다. 하지만 55호는 그 상황이 더욱 몸을 달아오르게 만들었다.

"어허… 요 년. 제법 앙탈스러운데."

"크크크. 바로 그 점이 재미라고. 말 안 듣는 것을 조교하는 것이 강간의 즐거움 아니겠나?"

둘은 시시덕거린다. 반면에 임수정의 표정은 더욱 하얗게 변한다.

'안 돼! 누가 좀 제발…'

도저히 감당할 수 없는 현실이었다. 그녀는 할 수 있는한 뒤로 뒷걸음질쳤다.

탁!

등 뒤로 닿는 것이 있었다. 단단하고 검은 벽이 그녀의 움직임을 방해하고 있었다.

"기껏 잡은 먹이감인데, 그렇게 쉽게 보내줄 수는 없지. 하하핫."

독 안에 든 쥐나 마찬가지였다.

"문제는 말이야. 누가 먼저 하느냐인데……."

32호는 말을 이었다. 그러자 55호가 선뜻 받았다.

"썩은 물도 위 아래가 있다는데. 선배님 먼저 하시죠."

"아니야. 요거의 참 재미가 뭐냐하면 말이지. 죽자사자 반항하는 것을 억지로 깔아 뭉게는 쾌감이 쩔거든. 그걸 내가 쏙 빼먹을 수는 없지."

"캬……. 선배님의 배려심이 이정도일 줄은 몰랐네. 몸둘바를 모르겠구만."

"자자! 얼른 시작하라고."

55호는 자리에서 일어섰다. 그리고는 천천히 임수정에게 다가간다.

"저… 저리가."

그녀는 손에 닿는데로 집어 던졌다. 하지만 상대는 막강한 각성자다. 그것은 그에게 아무런 손상도 줄 수가 없었다.

"후후……."

검은 욕망이 그녀를 해치려는 찰나.

퍼억!

벽돌 하나가 날아와 55호의 머리를 정통으로 강타했다.

"으억……."

물리 저항 수치가 제법 높은 55호다. 마음만 먹으면 벽돌쯤이야 하루종일 격파할 수 있을 것이다. 하지만 대체 무슨 요령을 부린건지 벽돌에 맞은 그는 그대로 뒤로 튕겨져 나갔다.

"크으으……."

머리에서 피가 줄줄 새어나온다. 여태까지 암살행을 수없이 나섰어도 이만큼 다친 적이 없었다. 55호는 경황스러운 가운데 크게 소리쳤다.

"누… 누구냐?"

화가 나서 소리쳤지만, 그 목소리에는 두려움이 들어있었다. 누군가가 방안에서 벽돌을 던진 것이 분명한데, 아무리 둘러봐도 그 정체를 확인할 수 없었기 때문이다.

"뭐… 뭐야?"

32호 역시 뒤늦게 주변을 경계했다.

촤라라라…….

55호는 자신의 독문병기인 사슬 낫을 꺼내었다.

부우우웅 부우우웅.

사슬 낫을 회전시킨다. 적이 보이면 바로 투척하기 위해서였다.

얼마나 기다렸을까?

"응?"

뭔가 싸늘한 느낌이 휙-하고 그를 스치고 지나갔다.

"이… 이봐."

"왜?"

"여… 여자는 어디 간 거지?"

적을 수색하기 위해서 잠깐 고개를 옆으로 돌렸을 뿐이다. 그 짧은 사이 납치한 여자가 사라진 것이다.

"모… 모르겠어."

귀신이 곡할 노릇이었다. 나름 암살에 특화된 각성자로서 자신의 능력을 과신하고 있던 그들이다. 하지만 그것이 지금 한번에 무너지고 있었다.

"야."

짧은 한 마디였다. 하지만 겁 먹은 새끼 고양이처럼 제자리에서 펄쩍 뛰고만다.

"헉……."

55호는 곧바로 자신이 들고 있던 사슬낫을 투척했다.

쩔그랑!

제법 힘이 담긴 투척이었다. 하지만 새로이 나타난 남자는 가볍게 손을 휘둘러서 그것을 튕겨냈다. 그 몸짓이 너무 침착해서 파리를 쫓는 것처럼 보일 지경이다.

55호의 공격은 너무나도 허무하게 무력화되었다. 하지만 뒤편에 서 있던 32호가 곧바로 행동을 개시했다.

32호는 숨을 참고 자신의 특성을 개방시켰다.

쉬이이익……

검은 연기가 되어 상대의 뒤쪽으로 다가간다.

'지금이다.'

완벽하게 뒤를 잡았다고 생각한 그는, 다시 육체를 형성시키는 것과 동시에 송곳처럼 생긴 에스토크를 깊이 찔러 넣었다. 무기에는 독이 묻어있어서 설사 스치기만 하더라도 적을 무력화 시킬 수 있다.

탱!

날카로운 쇳소리와 함께…….

찔러 들어간 에스토크가 두 동강났다.

"어?"

32호는 순간 멍청한 소리를 내며 의문을 표했다.

'이게 대체 무슨 조화냐? 어떻게 된 것이 이게 뿌러지는 경우가 있지?'

다만 그 생각은 오래가지 못했다. 새로 나타난 남자가 가볍게 다리를 들어 그의 중요부위를 차 올렸기 때문이다.

"끄어억……."

그것이 마지막이었다. 32호는 단번에 생식능력을 상실했다.

"끄아아아악……."

참기 어려운 고통이 그를 지배한다. 침을 물처럼 흘리면서 32호는 계속된 경련을 멈추지 못했다.

"너…. 넌 누구냐? 대체 뭐땜에 우리에게 이런 짓을?"

55호는 당황해서 소리쳤다. 그러자 남자는 훗-하고 웃으면서 말했다.

"네가 하려고 했던 짓을 생각해봐라."

"으…."

아무 죄 없는 여인을 납치하고 겁탈하려 했다. 게다가 32호는 강간이 끝나면 입막음을 위해서 여인을 살해해 왔다.

임수정 역시 따지고보면 죽을 위기까지 처한 것이다. 하지만 인간이란 본디 자신의 잘못에 대해서는 매우 관대한 법.

"그래서? 어쩌라고? 어차피 하루살이에 불과한 년이야. 오히려 죽기 전에 극락으로 보내주려 했으니 고마워해야 하는 것 아닌가?"

55호는 침을 튀겨가면서 소리쳤다. 남자… 아니 강혁준은 혀를 차며 말했다.

"쓰레기 중에서도 핵쓰레기군. 옛 말에 이런 것이 있다."

"……."

"네 놈을 살려두기에는 쌀이 아깝다."

발에 가볍게 힘을 주었다. 둘 사이는 적어도 6m 남짓, 하지만 그 거리가 좁혀지는데는 0.1초도 걸리지 않았다.

"……!"

55호는 혁준의 움직임에 어떤 대응도 하지 못했다.

푸화아아악!

강혁준의 손은 그대로 55호의 가슴을 뚫고 지나갔다.

"커어억……."

노리고 펼친 치명타.

혁준의 손에는 빨간 심장이 들려 있었다. 수 초 전만 하더라도 수축, 이완 운동을 하던 그것은 혁준의 손 안에서 단번에 짜부러지고 말았다.

퍽!

55호의 육중한 몸이 그대로 뒤로 넘어간다. 제 아무리 날고 기는 각성자라 할지라도 강혁준 앞에서는 고양이 앞에 쥐보다 못했다.

'일단 이 놈들 정체나 알아볼까?'

혁준과 비교하면 그 능력은 보잘 것 없다. 하자민 그것은 강혁준이 SSS급을 달성한 전후무후한 각성자이기에 그럴 뿐.

32호와 55호의 능력이라면 어디가서도 대접 받을 정도의 실력자였다.

툭툭…….

강혁준은 32호의 몸을 발로 건드리면서 말했다.

"그만 쇼하고 일어나."

고환과 성기가 완전히 으깨진 상태였다. 일반인이라면 무척이나 위급한 상태이겠지만, 32호는 각성자다.

일반인과 비교하면 그 체력이 곱절이상은 된다. 무거운 부상임은 틀림없지만, 지금에 와서는 어느 정도 정신을 차리고 있었다.

"……"

마치 기절이라도 한 것처럼 32호는 조용히 있었다.

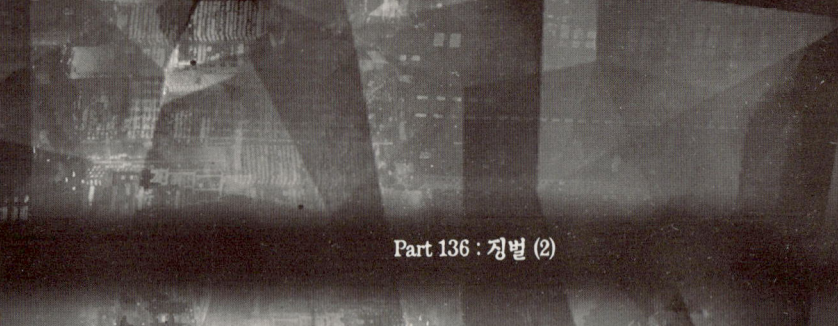

Part 136 : 징벌 (2)

"팔 다리 하나씩 떼어내줄까?"

강혁준은 느긋한 어투로 말했지만 담고 있는 내용은 그렇지 않다. 그리고 그것은 32호 역시 깨달았다.

'저 새낀 정말 할 놈이다.'

위기감이 든 32호는 결국 기절한 척을 그만 두고 고개를 들었다.

"잘못했습니다 어르신. 제발 자비를 베풀어주십시오."

32호는 어울리지 않게 납작 엎드려서 자비를 구한다. 상대는 55호를 너무나도 쉽게 죽여버렸고 자신 역시 그의 상대가 전혀 되지 않을 것이 뻔했다.

'제길…… 어쩌다가 저런 역신을 만난 거지?'

32호는 어떻게든 지금의 위기에서 벗어나기 위해서 머리를 굴렸다.

"잘못한 것은 알고 있네. 그럼 벌도 받아야겠지?"

강혁준은 주먹을 꾸욱 쥔다. 그 역시 55호처럼 죽여버리기 위해서였다. 눈치가 빠른 32호는 곧바로 절을 올리면서 소리쳤다.

"자… 잠시만요. 부디 저에게 속죄할 기회를 주십시오."

"속죄?"

강혁준은 단번에 상대의 의도를 파악했다. 32호의 머리 굴러가는 소리가 여기까지 들릴 정도였으니.

"네. 그렇습니다. 저로 말할 것 같으면 블랙 바이퍼 소속입니다 어르신."

"아…… 버러지들 말이군."

강혁준은 회귀전을 떠올렸다. 블랙 바이퍼는 계속 성장해서 나중에는 꽤나 골치덩어리가 되었다. 하지만 강혁준 손에 걸린 뒤, 그의 손에 해체당하는 결말을 맞이했으니 인연이라면 인연이다.

"네. 맞습니다. 버러지들이지요. 게다가 지금 아주 못된 짓을 계획중에 있습니다."

32호는 강혁준에 대해서 가늠해보았다. 그저 첫인상을 볼 때, 그는 매우 악당을 미워하는 것처럼 보인다. 그렇다면 예전 동료를 판다면 적어도 자신은 살 수 있을 것이라는 계산이었다.

"계속 이야기 해봐."

혁준이 관심을 보이자 32호는 마음속으로 쾌재를 불렀다.

"주작 클랜원 하나가 저희에게 암살의뢰를 넣었습니다. 타겟은 김주아라고, 이번에 주작 클랜의 후계자가 될 자라고 하더군요."

"김주찬이 아니고 김주아라고?"

혁준은 의아한 표정으로 말했다. 회귀 전, 주작 클랜의 마스터 김주찬이 강혁준을 배신했었다. 그 기억은 절대 떨쳐버릴 수 없는 것이다.

"네. 확실합니다. 주작 클랜 후계 구도에 조금이라도 관심이 있다면, 다 알고 있는 사실입니다. 김 회장이 직접 유언에서 김주아를 후계로 남겼거든요."

강혁준에게는 새로운 사실이었다.

"재미있군."

상황이 재미있게 흘러가고 있었다. 강혁준은 손짓을 했다. 계속 해보라는 제스처였다.

"블랙 바이퍼는 그 의뢰를 받아들이기로 했습니다. 액수가 제법 쏠쏠했거든요. 동시에 그 의뢰를 넣은 사람이 누구인지도 알아냈지요."

"내가 맞춰볼까? 김주찬이 의뢰를 했겠지."

"마… 맞습니다. 김주찬은 권력을 손에 넣기 위해서 저희 조직에 막대한 정수를 지불했지요."

블랙 바이퍼가 의뢰인에 대해서 조사한 이유는 간단했다. 혹시라도 입막음을 위해서 제거 당하는 일을 미연에 방지하기 위해서였다.

혹시라도 주작 클랜이 블랙 바이퍼를 압박이라도 할라치면, 김주아 암살의 진실을 밝혀버릴 예정이었다. 물론 그것은 하나의 보험이었지만, 소수 조직이 살아남기 위해서 꼭 필요한 장치인 셈이다.

"오… 오늘 야심한 시각에 김주아를 암살하기 위해서 저희 조직에서 5명이 파견되었습니다. 그 중 하나가 저기 있는 55호이고, 저 또한 거기에 포함되어있습니다."

"나머지 3명은?"

"은신처에서 대기중입니다."

강혁준은 씨익 미소를 지었다. 32호는 그 미소가 왠지 무서워졌다.

파시시식……

아공간의 주머니에서 대검이 불쑥 튀어나온다. 왠만한 사람의 키보다 더 큰 검이었다.

"히이이익?!"

32호는 안색이 창백해졌다. 아까의 혁준의 미소를 저 거검으로 누군가를 참하기 전의 기쁨 같은 것으로 해석한 모양이다. 하지만 그것은 정반대였다.

파아아앗!

황금색 빛과 함께 검의 특수기능이 활성화 되었다. 그 빛은 정확히 32호를 감싸안았다.

"이… 이건?"

사타구니에서 느껴지는 고통이 순식간에 가셨다. 프르가라흐가 그의 상처를 모두 치유해버린 것이다.

"일어서라."

32호는 자리를 툭툭 털고 일어났다. 움직이는 데에는 아무런 지장이 없었다.

"감… 감사합니다."

입으로는 감사의 인사를 말했지만, 마음 속으로는 된통 잘못 걸렸다는 생각이 들었다.

"안내해라. 나머지 놈들이 어디있는지 말이야."

"알겠습니다."

그것은 배신이었다. 하지만 32호는 1초도 망설이지 않았다.

'미안하다. 내가 살아남기 위해서는 어쩔 수 없구나.'

동료의 정이 없지는 않다. 암살이라는 것은 손발이 맞아야 성공할 수 있다. 손발을 맞추다보면 당연히 우정(?) 비슷한 것도 생긴다.

'하지만 내 목숨이 더 소중해.'

다만 그 둘의 가치를 저울질하기에 32호는 지나치게 자신을 사랑하는 남자였던 것이다.

⚜

블랙 바이퍼의 은신처는 한적한 지역에 마련돼 있었다. 아무래도 그 점이 은밀하고 편리했기 때문이다. 이번 암살행을 책임지는 3호를 비롯한 블랙 바이퍼가 그곳에서 휴식을 취하고 있다.

"누군가 다가오고 있습니다."

기척을 느끼는데 특화된 각성자 하나가 말했다. 인간 레이더라고 할 수 있는 그 덕분에 여러 위기를 넘길 수 있었다.

"두 명입니다. 한 명은 익숙한 냄새이지만… 낯선 인물도 함께 있습니다."

그의 감지 능력은 상대의 정체에 대해서는 100% 적중률을 보이지 않았다. 하지만 누군가가 다가오고 있다는 것만은 확실했다.

"7호."

"넵."

"나가서 살피고 와라."

3호의 명령에 7호가 절도있게 부복한다. 32호와 55호는 외부인물이라는 성격이 짙다면 3호와 7호는 오리지널 멤버였다. 그렇기에 상하 관계가 철저한 것이다.

7호가 쏜살같이 움직였다. 7호는 이곳에서 누구보다 빠른 다리를 가지고 있었다. 게다가 그가 쏘아내는 독침은 백발백중이라 일컬어 진다.

"음?"

7호는 얼마 있지 않아서 다가오는 외부인의 모습을 포착할 수 있었다.

'하나는 32호가 확실한데. 저 자는 대체 누구지?'

7호는 강혁준을 보면서 의아함을 느꼈다. 동시에 그는 길다란 대롱을 꺼내었다. 그것은 독침을 쏘아내기 위한 도구였다.

'이런 극비 임무에 외지인을 끌어들이다니. 32호는 제정신인가?'

볼 것도 없다. 7호는 저 외지인을 암살하기로 마음 먹었다. 대롱의 끝은 정확히 강혁준의 목 부위를 조준했다.

"후우우……."

있는 힘껏 숨을 몰아쉰다. 꽤나 거리가 멀었기 때문에 저기까지 날리려면 많은 숨이 필요했기 때문이다.

이윽고…….

"훅!"

7호는 독침을 쏘아 올렸다. 침에 발린 독은 아자시카라는 데몬에게서 추출한 독이었다. 제 아무리 저항력이 막강한 각성자라도 거기에 맞으면 일곱 걸음을 걷기도 전에 절명한다.

'넌 이미 죽어있다.'

그것이 7호의 생각이었다.

탁!

강혁준은 정면으로 보면서 걷고 있었다. 그런데 8시 방향으로 날아드는 독침을 보지도 않고 손가락으로 잡아버렸다.

"허걱……."

강혁준의 표정은 평온했다. 오히려 옆에서 그 장면을 본 32호가 더 놀란듯 하다.

"어디 도망가지 마라, 죽는다."

강혁준은 32호에게 말했다. 32호는 그저 고개를 끄덕였다.

타닥……

강혁준의 모습이 순식간에 사라졌다. 하지만 그것은 사라진 것이 아니라 너무 빨리 움직여서 눈이 움직임을 따라가지 못한 것이었다.

"헉……."

7호 역시 그 장면을 모두 보았다.

'대체 어떻게 된 거지?'

독침이 무력화된 것도 모지라서 타겟이 순식간에 사라졌다. 여태까지 이런 경우는 한 번도 겪지 못했다.

'위험해. 일단 물러나서 아군과 합류해야 한다.'

그는 곧바로 자리를 뜨려고 했다. 하지만 그의 등 뒤에서 느긋한 목소리가 들려왔다.

"오늘따라 날 죽이려고 하는 놈들이 많군. 너도 그렇게 생각하지 않아?"

강혁준은 순식간에 달려와서 7호의 등 뒤를 선점한 것이다.

'말도 안 돼.'

7호의 심장은 그 자리에서 쿵하고 떨어지는 것 같았다. 완벽하게 숨어있는 장소를 들킨 것도 모자라 뒤까지 잡힌, 그야말로 최악의 상황이었다.

'이건 답이 없다. 도망가야 해.'

7호는 빠른 다리와 정확도 높은 독침을 쏘지만, 반면에 대인전 능력은 최악이었다. 7호는 그런 자신의 약점을 잘 알고 있었다. 반면에 그의 사형이라고 할 수 있는 3호는 막강한 대인전 실력을 가지고 있었다.

'어서 사형에게 알려야 해.'

7호는 다리에 힘을 주었다. 그리고 도움닫기 한 찰나…….

턱!

무언가 강력한 힘이 그의 다리를 붙잡았다.

"헉……."

단말마의 비명이 절로 튀어나온다. 하지만 곧 이어질 참사를 막을 수는 없었다.

퍼억!

강혁준이 그의 다리를 잡고 바닥에 패대기 친 것이다.

"컥……."

억눌린 음성이 새어나온다. 하지만 혁준은 한 번으로 그만 둘 생각이 없었다.

퍼억!

이번에는 반대 방향으로 내려치자 먼지가 훅 하고 오른다.

"커어억!"

멀쩡한 사람이 걸레가 되는 것은 순식간이었다. 반면에 강혁준은 손속에 사정을 두고 있었다. 물론 그것은 자비심의 발로가 아니었다. 모종의 계획을 위해서 쓰레기 같은 놈의 몸뚱이가 필요했다.

질질…….

강혁준은 박살이 난 7호를 끌고 가기 시작했다. 살아는 있지만, 이미 그는 폐인이나 마찬가지였다.

"맙소사……."

뒤늦게 강혁준이 다가오는 모습에 32호는 전율을 금치

못했다. 그의 손에는 7호가 들려 있었는데, 아무리 봐도 사람꼴이 아니었다. 더 무서운 점은 7호의 명줄이 아직 붙어 있다는 것이다.

'무서운 놈. 차라리 죽이는 것이 더 자비롭겠다.'

32호는 두려움에 몸을 떨었다.

"뭐하냐? 계속 길 안내 안하고?"

"알겠습니다."

32호는 은신처로 향했다. 역신을 뒤에 달고 말이다.

⚜

"사형."

"말해라."

"7호가 당한 것 같습니다."

"……."

재빠르기로 소문난 7호다. 마음먹고 도망가면 3호 자신도 그를 잡기 힘들다.

"어떻게 하지요?"

6호는 불안한 표정으로 말했다. 이번 파티의 유일한 홍일점으로 상대의 기척을 발견하는데 특화되어 있었다.

그 능력만은 강혁준을 뛰어넘을 정도였다.

"너는 도망쳐라. 혹시 모르니 수장님에게 이 사실을

알려야 한다."

"하지만 사형······."

6호는 불안한 표정으로 말했다. 왠지 발걸음이 떨어지지 않았다.

"나를 못 믿는 것이냐?"

3호는 자신의 웃옷을 벗으며 말했다. 거기에는 수 많은 흉터가 얽혀 있었다. 그는 상대가 데몬이든 뛰어난 각성자이든 가리지 않고 싸워왔다. 암살자라기보다는 오히려 무예가라고 표현하는 것이 옳을지도 모른다.

"믿고 있어요."

6호는 얼굴에 홍조를 띠우며 말했다. 그녀는 사실 누군가를 암살하는 사실을 그리 좋아하지 않았다. 하지만 그녀는 사랑하는 이를 위해서 블랙 바이퍼에 가입 한 경우였다.

"내 주먹에 걸리면, 상대가 누구라도 죽는다."

3호는 냉정한 눈빛으로 말했다.

Part 137 : 김주아

 3호는 진득하게 기다렸다. 그리고 얼마 있지 않아서 이번 일의 흉수를 대면할 수 있었다.

 강혁준은 혼자 남은 3호를 보고 말했다.

 "기다리고 있었나?"

 3호의 눈이 호승심으로 불타 올랐다. 비록 어쩔 수 없는 이유로 암살자의 생활을 이어나가고 있지만, 그는 무예가 적 기질이 더 강한 사람이이었다.

 '강하다.'

 그는 상대가 가늠할 수 없을 정도의 강자라는 것을 한눈에 알아차렸다.

 '이길 수 있을까?'

잠시 스스로를 가늠해보던 그는, 이내 주먹을 쥐었다.

'아니…… 이미 도망갈 곳은 없다.'

암살자가 된 이후로 그는 스스로의 운명을 점치고 있었다. 어쩔 수 없이 더러운 일에 가담하고 있지만, 그 어느 때라도 적과 싸울 때에는 정면으로 맞서기로. 그런 마음가짐을 가지고 있었기에 애초에 도망친다는 선택지는 없었다.

스으윽……

3호는 자리에서 일어섰다. 각성에 성공한 후, 그의 덩치는 예전과는 비교가 안되게 커졌다. 게다가 정수의 힘에만 의지하지 않고 실력을 키워온 하루하루.

조금이라도 강해지기 위해서 그는 훈련에 훈련을 거듭했다.

'죽더라도 이곳에 서서 죽겠다.'

3호는 혼란한 마음을 다잡았다.

"한 수 부탁하네."

반면에 강혁준의 태도는 자유분방했다. 그는 편하게 서서 손가락을 까딱 거렸다.

"들어오든가."

"흡…"

선수를 양보했다. 여태까지 3호를 상대로 그런 만용을 부린 자는 없었다. 하지만 3호는 화를 내지 않는다. 오히려 지금의 기회를 소중하게 여기었다.

'지금 그 말, 후회하게 해주지.'

3호는 빠르게 도약해서 한 마리의 매처럼 강혁준을 향해서 쇄도했다. 단련된 수도로 강혁준의 머리를 내려치려는 찰나,

'어?'

3호는 뒤늦게 의문을 표했다. 분명 적중했다 여겼건만, 그의 수도는 의미없이 허공을 갈랐을 뿐이다.

"……."

강혁준은 그저 팔짱을 끼고 있었다.

"우아아악!"

3호는 자신도 모르게 기합을 넣었다. 그리고 주먹과 다리를 마구잡이로 휘두르기 시작했다.

부우웅!

부웅!

쏟아지는 공격은 무엇하나 치명적이지 않은 것이 없었다. 하지만 강혁준은 그것을 아무렇지 않게 피해냈다.

'제법 쓸만한 실력이긴 하군.'

강혁준은 3호에 대해서 후한 점수를 주었다.

'슬슬 끝내볼까?'

3호의 정권 지르기가 혁준의 명치를 향한다. 혁준은 3호의 팔목을 가볍게 낚아챘다.

"헛……."

잡은 팔목에 가볍게 힘을 주자 마치 어린아이 손목을 비트는 것처럼 온몸이 꺾인다. 손목 그 자체가 부러지는 고통이 느껴졌을 것이다. 하지만 3호는 이를 악물었다.

 그는 자신의 비틀어진 손목을 과감하게 포기하고, 오히려 위기를 기회 삼아 더욱 가열찬 공격을 시도한다.

 부우웅……

 무쇠 같은 다리가 대각선으로 내려꽂힌다. 목표는 강혁준의 목 한가운데. 필살의 힘이 담긴 것이다.

 빠각……

 파공성이 들린다.

 덜렁덜렁.

 분명 공격을 시도한 이는 3호였다. 하지만 강혁준은 주먹으로 가볍게 내려찍는 다리를 쳐냈고, 그 결과는 복합 골절로 이어졌다.

 "끄아아악……"

 감당하기 어려운 고통이 그를 엄습했다. 게다가 잡혀있던 팔목까지 이상한 각도로 꺾여있다.

 '포기 할 순 없다.'

 3호는 불굴의 의지로 쓰러지지 않았다. 겨우 다리 한짝으로 균형을 유지했지만 말이다.

 "흐아아압."

 이가 없으면 잇몸으로.

3호는 머리를 뒤로 당겼다. 그리고 마치 축구의 그것처럼 헤딩을 시도했다.

팅!

이번에는 강혁준도 피하지 않았다. 하지만 튕겨나간 이는 오히려 3호였다.

털썩……

달려온 속도보다 빠르게 뒤로 쓰러진다.

"으……."

3호는 신음을 흘렸다. 머리는 골절상에다가 찢어져서 피가 주르륵 흐른다. 일방적으로 공격을 펼친 사람은 분명 3호였건만, 결과는 오히려 그의 심각한 부상으로 끝나버렸다.

"나… 나는……."

심각한 부상임에도 3호는 포기하지 않았다. 하지만 아무리 근성이 넘친다 할지라도 둘 사이에는 매울 수 없는 강이 존재했다.

"뭐 굳이 매를 벌고 싶다면야."

여태까지 수동적인 태도를 취하던 강혁준은 이번에는 몸소 나섰다.

퍼억!

가볍게 내려쳤다. 하지만 그것을 맞은 덩치는 튕겨져 날아갔다.

"커억!"

3호는 피를 토했다. 하지만 그의 몸이 워낙 단단했기에, 죽지는 않았다. 게다가 강혁준도 어느정도 손에 사정을 두었다.

튕겨나간 3호의 신형이 땅에 닿기도 전에 강혁준은 이미 그곳을 선점하고 있었다.

빠악!

날아오는 3호의 척추를 향해 가볍게 니킥을 먹인다.

"크헉!"

그대로 디스크가 어긋나버렸다. 극심한 고통에, 3호는 이내 추욱 늘어진다. 그의 눈은 까뒤집어졌으며, 입에서는 피거품이 흘러나왔다.

털썩……

"마… 맙소사!"

멀리서 그 장면을 본 32호는 입을 다물수가 없었다. 그가 알던 3호는 여태까지 정면 대결에서 단 한번도 패배가 없다.

블랙 바이퍼 내에서도 그의 무력 수위는 단연 독보적이었다. 하지만 강혁준은 그런 3호를 너무나도 쉽게 꺾어버렸다.

마치 공기놀이라도 하는 것처럼 말이다.

강혁준은 3호의 머리끄댕이를 붙잡더니 32호에게 던졌다.

"어어?"

32호는 날아오는 3호의 신형을 겨우 받아냈다.

"잘 간수해라. 알았나?"

"네… 넵. 알겠습니다."

블랙 바이퍼는 근방에서 알아주는 살수 조직이었다. 이번 암살행에 추가된 각성자는 그 중에서도 엘리트만 뽑힌 셈이었다.

하지만 강혁준에 개인에 의해서 그 엘리트들이 모두 박살나고 말았다.

"어… 어디로 가시는지?"

"주작 클랜으로 간다. 너희들 다 신고해야지."

강혁준은 짐짓 유쾌한 목소리로 말했다. 하지만 32호는 웃을 수가 없었다.

"하… 하지만. 저희들 모두 교수형에 처해질 겁니다!"

"죄를 지었으면 대가를 치러야지? 안 그래?"

"……."

이대로 도망가고 싶었다. 하지만 과연 그의 눈을 속이고 도망칠 수 있을까?

이내 고개를 저었다. 사실 강혁준은 손속에 사정을 둔 것이지만, 32호가 보기에는 말 그대로 흉신악살 그 자체였다.

'도망치려면 확실히 해야 된다. 그렇지 않으면 나도 저렇게 묵사발로 만들거야.'

3호와 6호는 강혁준에 의해서 형체를 알아보기 힘들 정도다. 게다가 55호는 심장이 터져서 절명하지 않았던가?

'근데 도망이라도 칠 수 있을까?'

의문이 들었다.

⚜

다음 날.

강혁준은 몰래 주작 클랜의 담을 타넘었다. 나름 경비병이 대기하고 있었지만, 강혁준의 존재를 알아차릴 수는 없었다.

블랙 바이퍼에게 미리 얻은 정보를 토대로 김주아가 거주하는 장소에 도달했다.

'오빠와는 아주 생김새가 다른데?'

그가 알던 김주찬은 눈이 날카롭긴해도 분명 미남형이었다. 물론 그 냉혹한 성격이 문제가 된 적이 많지만.

'처음부터 그 놈과는 친해질 수가 없었지.'

마치 개와 원숭이처럼 혁준과 김주찬은 서로 견원시했다. 그리고 마지막에 김주찬이 등 뒤에서 칼을 곱았던 것이고.

반면에 김주아의 생김새는 오빠와 많이 달랐다. 그 대단한 김씨 일가의 후계자라고 보기에는 약간 수수하다.

하지만 그녀의 눈은 한겨울의 호수처럼 맑아 보였다.

첫 인상만 보더라도 호감형이라는 것이 자명하다.

'인상이 사람의 전부를 차지하는 것은 아니지만 말이야.'

강혁준은 열려있는 창문을 향해 도움닫기를 했다.

쉬이익……

수 십미터를 단번에 이동한다. 하지만 착지 순간에는 아무런 소음이 나지 않았다. 강혁준은 마치 자기 집처럼 주아의 방안으로 입장했다.

"……."

그녀는 여전히 강혁준의 침입사실을 모르고 있었다. 강혁준은 조심스럽게 그녀의 뒤로 접근했다. 그리고 손을 들어 그녀의 입을 틀어막았다.

"읍!"

답답한 숨소리와 함께 그녀는 단번에 혁준에게 제압당하고 말았다. 너무나도 급작스러운 일 때문이었을까? 그녀의 몸은 급격하게 떨리고 있었다.

"이제부터 손을 놓을 테니, 괜한 짓은 하지 말도록. 알겠으면 고개를 끄덕여."

혁준은 은밀하게 속삭였다. 그녀는 이내 작게 고개를 끄덕였다.

"좋아."

혁준은 일단 손을 떼었다. 물론 소란을 벌이면 바로 제압을 할 지근 거리에서.

"……."

김주아는 소리를 지르지 않았다. 오히려 시간이 갈수록 침착한 태도를 유지했다. 강혁준에게는 그 것이 예상외로 다가왔다.

"침착하군."

"당신이 저를 죽일 의도가 없다는 것은 알았으니까요."

그녀는 담담한 목소리로 말했다.

"제가 후계자가 된 이후로, 오늘 같은 일을 자주 상상했어요."

그녀 역시 암살의 위험에 노출되었다는 사실을 알고 있는 모양이었다. 그래서 나름 경호에 신경을 쓰고 있었고. 사실 이곳에 침입한 강혁준의 능력이 너무 뛰어난 것이다.

"저를 죽이실 의도가 아니라면, 무슨 일로 저를 찾아온 것이죠?"

그녀는 혁준의 두 눈을 똑바로 보고 말했다. 혁준은 생각보다 일이 쉽게 풀릴 것 같다는 생각이 들었다.

"네 오빠랑 해결해야 할 일이 있어서 말이야."

"제 오빠라면?"

"꼭 집어서 말하자면 김주찬이 되겠군. 그와는 제법 오래된 원한 관계가 있거든."

"하긴 그럴만도 하지요."

그는 자신의 이득을 위해서 여태까지 수많은 악행을 저질렀다. 물론 대외적으로 알려져 있지는 않지만, 김주아는 오빠의 그릇된 면모를 일부 알고 있었다.

"일단 그를 대신해서 사과의 말을 드리지요."

"아…… 상관없어. 굳이 따지면 너와는 상관없는 일이었으니까."

강혁준은 쿨하게 말했다. 여기까지 와서 친고죄를 주장할 정도로 경우가 없지 않았다. 오히려 강혁준은 그녀에게 도움을 줄 생각이었다.

"들자하니 상황이 재미있게 흘러가더군."

커다란 권력이 존재하고, 그 중추가 병들어 죽어가고 있다. 김회장이 죽게 되면, 그 뒤를 이을 후계자가 필요하다. 그런데 놀랍게도 김회장은 후계자로 김주아를 선택했다.

그리고 지금 김주찬은 수단과 방법을 가리지 않고 그녀를 해치려 하고 있다.

"블랙 바이퍼라고 알고 있나?"

김주아는 고개를 끄덕였다. 살수 조직으로서 그 악명이 제법 자자했던 탓이다.

"그들이 너를 노리고 있더군."

"그렇군요."

그녀는 아무렇지 않은 표정을 지었다. 하지만 손이 가볍게 떨고 있는 모습을 강혁준은 포착했다.

'사실은 겁을 먹고 있군.'

혁준은 말을 이었다.

"하지만 좋은 소식도 있지. 내가 그 블랙 바이퍼를 모두 제압했다. 신병도 확보 해놓은 상태고."

김주아는 놀란 표정을 지었다. 자신의 방에 몰래 숨어든 것을 봐서 보통이 아니라는 것은 눈치챘다. 하지만 그 악독한 블랙 바이퍼를 제압했다는 이야기는 예상 외였다.

"그들은 너에게 넘겨주지. 이번 암살건의 배후가 김주찬이라는 사실을 증명할 수 있을 거다."

그건 매우 놀라운 선물이었다.

주작 클랜에서 김주찬이 가지는 지위는 엄청나다. 하지만 회장이 지명한 정식 후계자인 김주아를 암살하려고 한 정황이 발각된다면? 제 아무리 김주찬이라 할지라도 몰락을 피할 수 없을 것이다.

Part 138 : 식량난

"거절할 수 없는 제안이네요."

확실히 강혁준의 제안은 탐나는 것이었다. 그의 말대로 된다면, 김주아는 자신의 정적을 효과적으로 제거할 수 있게 된다.

하지만 강혁준의 제안을 아무렇게나 받아들일 수는 없었다. 자고로 뭔가를 얻기 위해서는 그에 상응하는 대가가 필요한 것이다.

비록 어린 나이였지만 재벌가에서 자라온 김주아는 이 점에 대해 누구보다 잘 알고 있었다.

"그래서 원하시는 게 뭐죠?"

혁준은 미소를 지었다. 그녀는 어린 나이지만, 사리분별은 확실히 하고 있었다. 적어도 강혁준이 무조건적인 선의로 접근하지 않고 있다는 것은 눈치챈 것이다.

"말도 안 되는 조건을 내걸 생각은 없어. 일단 개인적으로 김주찬과 원한을 진 사이라서. 그의 처분을 나에게 맡겨달라는 것이지."

"오빠를 어떻게 하실 작정인가요?"

"아마 죽이지 않을까?"

그녀의 표정은 미묘했다. 마음 한편으로는 내심 안도하면서도 혈육을 죽여야 본인이 살 수 있는 현실을 원망하는 듯 하다. 하지만 그녀는 이내 수긍했다.

"좋아요. 그 점은 확실히 지켜드리지요. 그럼 그 다음 조건은요?"

"너희에게 손해 될 일은 아닐 거야. 바다 건너서 새로 나타난 악마들은 익히 알고 있지?"

"네."

어비스에 있던 악마들이 지상에 강림했다. 그들은 인간에 대한 무개한 적개심을 보이며 노소를 가리지 않고 도륙 중이었고 그 소식은 인류전체에게 전해졌다.

"예상하고 있겠지만, 그들은 곧 바다를 건너 이쪽으로 올 거다."

"……"

분명 일어날 수 있는 현실이지만, 대다수의 사람은 애써 그 사실을 부정하고 있었다.

"내가 그들을 막을 생각이다. 너희는 나를 도와주면 돼."

"그것이 가능한가요?"

아메리카 대륙 자체를 쑥대밭으로 만든 악마들이다. 조그만 반도를 접수하고 있는 주작 클랜으로 그들을 대적하는 것은 불가능에 가깝다. 김주아는 그 점을 지적한 것이다.

"물론이지. 예전에 이미 한번 해낸 일이야."

"네?"

믿기 어려운 소리였지만 강혁준의 표정은 단호했다.

"당신 뜻대로하는 것은 불가능해요."

주아는 현실적인 문제를 들먹였다.

"제가 후계자가 되더라도, 많은 이들은 저를 인정하지 않을 거에요. 저는 아직 어린 아이에 불과하니까요."

"아아…… 그건 걱정하지 않아도 된다. 내가 너를 도와줄 테니까."

강혁준은 별일 아니라는 듯이 말했다. 근거 없는 허풍으로 들릴 수도 있었다. 하지만 김주아는 왠지 그의 말이 믿음직스럽게 들렸다.

'나는 약해. 그래서 비록 낯선 이지만, 그에게 의지하고 싶은 것일지도.'

김주아는 생각에 잠겼다. 대개 정신이 똑바로 박힌 사람이라면 정체를 알 수 없는 남자의 제안을 거절하는 것이 옳다. 하지만 놀랍게도 그녀의 입에서 나온 말은 긍정의 말이었다.

"좋아요. 당신의 뜻대로 하지요."

그녀는 말을 하고도 스스로 깜짝 놀랐다. 자신에게 이런 당돌한 면이 있을지는 몰랐다. 하지만 그녀는 자신의 감을 믿기로 했다.

'어차피 나는 끈 떨어진 연이나 다를바 없어. 이건 도박이야. 어차피 실패하면 죽은 목숨. 단 1퍼센트의 확률이라도 승산이 있는 쪽으로 움직여야지.'

이대로 후계자가 된다고 할지라도 나이 많은 측근들에 휘둘릴 것이 뻔하다. 그녀는 그런 결과를 손놓고 지켜보기보다, 조금이라도 능동적으로 움직이기를 원했다.

'모 아니면 도. 그것이 나의 선택이야.'

강혁준은 재미있는 표정으로 김주아를 보았다. 짧은 시간이었지만, 그녀의 머릿속은 엄청난 계산이 오갔다.

'아주 멍청한 것보다는 훨씬 좋군.'

강혁준과 손을 잡는 것은 일견 어리석은 짓으로 보인다. 하지만 사면초가에 빠진 그녀에게 남은 선택지는 없다시피 했다.

그런 김주아에게 강혁준은 위기를 기회로 만들 수 있는 타개점이 될 터였다.

"자아……."

강혁준은 손을 내밀었다. 김주아는 최대한 허리를 꼿꼿이 폈다. 그리고 손을 마주 잡았다.

'크다…'

여태까지 악신의 주구를 수도 없이 쳐죽여온 손이다. 그런만큼 그의 손은 하나의 흉기나 다름없다. 흡사 차돌처럼 단단했으며, 처음느껴보는 거친 남자의 느낌을 주었다. 하지만 동시에 김주아는 거기서 왠지 모르게 마음이 안정되는 것을 느꼈다.

✢

주작 클랜의 후계 싸움은 갑작스런 변화와 함께 종결지어졌다.

하늘이 두쪽나도 클랜 마스터 자리를 포기하지 않을 것 같던 김주찬이 자신의 심복만 데리고 클랜을 탈주 한 것이다.

모두가 의아하게 생각하고 있을 무렵, 그 이유가 곧 밝혀졌다.

블랙 바이퍼 조직원이 김주아 암살에 실패하고 잡힌 것이다. 그 암살자는 지조 없이 자신이 알고 있던 사실을 모두 내뱉었다.

암살의 배후자가 바로 김주찬이었음을.

주작 클랜은 발칵 뒤집어졌다. 음모가 아무도 모르게 성공했으면 모를까?

이렇게 만천하에 밝혀졌다면, 아무도 김주찬을 두둔하기 어렵게 된 것이다.

이내 도망친 김주찬에 대해 고액의 현상금이 걸리게 되었다. 그 액수는 매우 높아서 많은 수의 용병이 김주찬의 뒤를 쫓기 시작했다.

"김주찬, 제법 눈치가 빠르군."

강혁준은 쇼파에 누워서 말했다. 이곳은 분명 김주아의 개인 방이었지만, 남들이 본다면 그녀가 이곳의 손님으로 보일 지경이었다.

"저도 그 점은 생각하지 못했어요."

그녀는 내심 아까운 표정을 지었다. 하지만 강혁준은 알면서도 모른척을 했다.

'후후……. 김주아, 강단이 있으면서도 정이 많아. 네가 꾸민 일인지 모를 거라 생각하나?'

강혁준은 이미 사건의 진실을 알고 있었다. 역적도당인 김주찬이 한발 앞서 탈주할 수 있었던 이유는 김주아가 음모가 발각났음을 귀띔으로 알려주었기 때문이다.

아무리 미워도 혈육의 정 때문에, 김주찬을 살리기로 마음 먹었던 것이다.

'같은 혈육인데도 이렇게 다르다니.'

김주찬과 김주아는 완전히 극과 극을 달리는 인물이었다. 강혁준은 그 사실을 알았지만, 일부러 방해하지 않았다.

김주아 역시 그런 선택을 하는데까지 많은 고심이 있었을 것이다. 강혁준은 그런 그녀의 선택을 존중해주기로 마음먹었다.

'게다가 아직 짓지도 않은 죄를 처벌하기도 좀 애매하지.'

분명 전생에서 김주찬은 강혁준을 배신했다. 하지만 아직 이번 생에서는 그런 일이 일어나지 않았다. 일어나지도 않은 일을 미리 처벌한다는 것은 아무래도 애매한 면이 있다.

'굳이 지금 해결하지 않아도 된다. 그리고 놈은 이제 평범한 산적에 불과해. 고생이란 고생을 다 할 테니, 일단 지금은 지켜보자.'

김주찬의 목에는 상당한 정수의 현상금이 매겨져있다. 그리고 많은 수의 용병들이 그를 잡으려고 혈안이다.

제법 고달픈 도망자 신세가 되었으리라.

'그보다 더 위급한 건, 바다 건너의 데빌들이다.'

얼마가지 않아 그들은 아메리카 대륙 자체를 집어삼킬 것이다. 그리고 그들의 다음 타겟은 아시아 대륙 아니면서 유럽이 될터였다.

'허나 내 예상대로라면 아시아를 노릴 것이 분명해.'

아메리카 대륙의 생존자들이 알래스카로 도주하고 있었다. 그들은 살아남기 위해서 베링 협해를 넘어오고 있었다. 그리고 그들의 입을 통해서 악마들의 소식이 아시아로 전해지고 있었던 것이다.

'도망친 생존자를 처단하기 위해서 그들은 분명 러시아 쪽으로 진격방향을 잡을 것이다.'

강혁준 힘이 아무리 막강할지라도 그 많은 수의 데빌을 모두 상대할 수는 없다. 그들을 상대하기 위해서는 아시아에 있는 클랜의 힘이 필요했다.

'물론 아프리카와 유럽의 참전은 필수지만.'

허나 지금 인류는 분열되어 있었다. 예전처럼 통신이 발달된 것도 아닌데다가, 아직까지는 대부분 사람의 인식이 강 건너 불구경에 가까웠다.

'발등에 불이 떨어져야 정신을 차릴 놈들이 아직도 많겠지.'

김주아는 약간 새침한 표정을 지으며 강혁준에게 말했다.

"새로 받은 직업은 마음에 드나요?"

"아! 물론."

주작 클랜 안에서 강혁준은 암살자를 잡은 사람으로

알려져 있었다. 그 일로 실력을 인정받은 강혁준은 지금 김주아의 보디가드로 채용된 셈이다.

"그나저나 저는 걱정이에요."

아시아에는 대규모 클랜은 총 12개. 바다 건너 악마들이 활개를 치고 있건만, 대부분의 클랜은 위기 의식이 없었다.

"손수 서신을 보내었지만 그들은 답장조차 없어요."

얼마 전에 김회장이 사망하고 김주아가 새로운 클랜 마스터가 되었다. 하지만 그녀의 나이가 어리기 때문일까?

대규모 클랜들은 악마에 대비해서 힘을 합치자는 그녀의 목소리를 가볍게 무시한 것이다.

"당연하지. 그들은 군대를 조직할만한 여력조차 없으니까."

클랜을 하나로 묶는 것이 쉽다면 걱정조차 하지 않았으리라.

"무슨 수를 써야 한다고 생각하지 않나요?"

태평한 강혁준의 태도에 김주아는 맥이 빠졌다.

"물론. 그걸 지금 여기서 보여주지."

강혁준은 아공간의 주머니에서 무언가를 꺼내었다.

"이건 뭔가요?"

그것은 나무통이었다. 강혁준은 뚜껑을 열었다. 그러자 거기에서 하얀 소금에 절여진 물고기가 다량 들어있었다.

"이건?"

"그래. 우리가 하나로 묶을 수 있도록 도와줄 물건이지."

"겨우 생선 쪼가리 몇 개로 어떻게 대통합을 이루어낼 수 있다는 거죠?"

그녀가 이해하지 못하는 것은 당연하다. 하지만 강혁준은 자신 있게 말했다.

"우리의 최대 문제점은 데몬도 데빌도 아니야. 바로 배가 고프다는 점이지. 자고로 군대를 조직하려면 군량이 부족해선 안 되거든."

여기저기서 아사자가 생겨나고 있었다. 지도자들에게 있어서 그것은 매우 큰 고민이었다. 하지만 강혁준은 그것을 해결할 방도를 가지고 있었다.

"어종은 대구로 하면 돼. 대구는 맛은 좋은데 반해, 지방량이 적어서 오래 보존이 가능하지. 이렇게 소금에 절이는 것만으로 1년 동안 저장 할 수 있어."

인력만 받춰준다면, 만연해 있는 식량난을 단번에 해소할 수 있다는 뜻이다. 외해에 있던 물고기를 수확하는 것이 강혁준의 계획이었다.

"내륙에 깊숙이 박혀 있던 클랜은 바로 이 물고기로 살살 유혹하면 되지. 우리와 협력하면 배는 안 곯는다. 그것만으로 우리는 하나로 통합할 수 있어."

18세기 서유럽인이 그러했던 것처럼 강혁준은 발상의 전환을 이용해서 새로운 해답을 도출한 것이다.

"무엇보다 저 광활한 바다에는 악마가 없지."

어비스에는 바다가 없었다. 덕분에 조업을 하는 동안, 적의 습격을 걱정할 필요가 없었다. 비각성자들만 있어도 많은 식량을 보급할 수 있다는 뜻이다.

"놀랍군요."

그녀는 놀란 표정으로 말했다. 하지만 이내 어두운 표정을 지으며 말했다.

"하지만 저희는 그런 배를 만들 기술이 없어요."

전자기의 종말로 기존의 배는 무용지물이다. 조업을 하려면 배를 다시 만들어야 하는데, 그럴만한 기술이 주작 클랜에게는 없었다.

김주아는 그 점을 지적하고 나선 것이었다.

"후후……. 그렇다면 지금 눈에 보이는 물고기가 대체 어떻게 나왔을까?"

강혁준은 회심의 미소를 지으며 말했다.

Part 139 : 삼합회

　대규모의 식량난은 이미 예견되어 있었다. 이미 그 시대를 살아본 강혁준이 그걸 모를 리가 없었다. 그렇기에 그는 어비스로 떠나기 전, 몇 가지 장치를 마련해두고 떠났다.

　불과 5년 전,

　범죄자로 이루어진 단체가 하나 있었다. 판데모니엄으로 인해 교도소가 무너지고 그곳에서 나온 무리가 클랜을 이룬 것이다.

　그 이름은 스트롱홀드.

　온갖 패악을 저지르던 그들은 강혁준에 의해서 흔적조차 사라지고 말았다. 강혁준은 그 구역을 그대로 아발론이라는 조직에게 떠넘겼다.

동시에 그는 몇 가지 조언을 남겨주었다. 그것 중 하나가 바로 조선업을 시작하라는 것이다.

"아발론이라고 들어봤어?"

"네. 규모는 크지 않지만, 제법 알맹이가 단단한 클랜이라고 들었어요. 설마 그들이?"

"맞아. 그들이 대규모 조선소 사업을 하고 있지."

아발론은 더 이상 정수 광산의 규모를 늘리거나 데몬 사냥에 집중하지 않았다. 그보다 미래를 내다보고 외해에 나갈 수 있는 배를 건조한 것이다.

"아발론과는 제법 인연이 있으니 내 이름을 대면 될 거야. 주작 클랜은 제법 덩치가 크니, 그쪽도 사업 파트너로서는 안성맞춤일테고."

아발론에는 조선 사업에 집중하다보니 각성자의 숫자가 부족했다. 따라서 대규모 클랜 침공에 무방비로 노출되어 있었다.

"주작 클랜이 아발론의 뒤를 봐줘. 그리고 소금에 절인 대구로 장사를 하면 돼."

식량을 구해지기 쉬워지면, 제 아무리 자존심이 쎈 놈들도 이쪽의 말을 들을 수밖에 없다.

"전혀 생각지도 못했어요."

김주아는 입을 벌리고 연신 감탄사를 말했다. 고작 여고생의 나이에 불과했지만, 어렸을 때부터 엘리트 수업만을 받아온 그녀였다.

"주작 클랜은 전적으로 이번 사업에 동참하겠어요."

그저 손을 뻗기만 한다면, 엄청난 이득을 얻을 수 있다. 아발론은 이번 사업에서 중심적인 역할을 하지만, 그 규모가 작아서 결정적인 목소리를 내기 힘들다. 반면에 주작 클랜은 그렇지 않다.

'잘만 하면, 아시아의 맹주 자리까지 차지할 수도 있어.'

그녀의 머릿속이 재빠르게 회전한다.

⚜

발 없는 말이 천리를 간다는 속담이 있다. 수많은 난민들의 입에서 한 가지 소문이 빠르게 돌고 있었다.

'한반도로 가라. 그러면 배 부르게 먹을 수 있다.'

많은 사람들이 그것을 거짓말로 치부했다. 시대가 어려워져서 그저 작은 빵조가리로 살인이 일어난다. 그런데 그 소중한 식량을 무상으로 줄 리가 없다.

하지만 시간이 흐를수록 그 소문은 점차 더욱 커져갈 뿐, 줄어들지는 않았다.

배고픈 난민들은 길을 떠나기 시작했다. 그것은 클랜에 속해 있든 그렇지 않든 동시다발적으로 일어난 현상이었다.

"죽는 한이 있더라도 배 부르게 먹을테다."

삼대 욕구가 있다.

수면욕, 식욕, 성욕.

그 중에서 생존과 직결되는 식욕의 힘은 절대 무시할 수 없었다.

각성자가 아무리 강제하더라도 빠져나가는 비각성자의 행렬을 막을 수 없었고,

간혹 무력시위도 벌어졌지만 몰래 빠져나가는 난민의 숫자는 줄어들지 않았다.

'정말로 한반도에는 식량이 넘쳐나는가?'

거대 클랜의 이목이 한반도에 집중되기 시작했다. 많은 첩자들이 그곳에 파견되었다. 그리고 나온 결론은 이것이었다.

'정말이네?'

'누가 되었든 식량과 집을 제공한다더라.'

'지옥 같은 현세에 그나마 살만한 곳이 있다면 한반도다.'

그것은 사실이었다.

외해에서 잡아온 물고기를 이용해서 많은 난민을 흡수, 포용하고 있었던 것이다. 그러자 주작 클랜의 덩치는 점점 커지기 시작했다.

결국 나머지 클랜은 위기감이 들었다. 여태까지 12대 클

랜은 고만고만하게 성장해왔다. 갑작스런 주작 클랜의 독주는 모두에게 큰 걱정을 안겨주었다.

바로 그 때.

주작 클랜 마스터인 김주아는 먼저 손을 내밀었다.

'클랜을 해안가로 이주해온다면, 그 비결을 무상으로 알려주겠다.'

그것은 파격적인 조건이자, 거부할 수 없는 거래였다.

⁕

삼합회.

국제적인 범죄조직으로 온갖 불법적인 일에 종사하던 조직이었다. 판데모니엄과 함께 세상은 엉망이 되었지만, 삼합회는 특유의 조직력을 바탕으로 그 명맥을 유지했다.

지금은 중국에서 제일 막강한 세력으로 이름을 드높이고 있다지만, 이들 역시 식량난으로 골치를 썩이고 있었다.

그런데 예상치못한 일이 벌어졌다. 조직에 속해있던 비각성자들이 대규모 탈주를 감행한 것이다. 덕분에 생산력이 급감하기 시작했다.

정수 광산은 모두 멈추고, 그나마 식량을 생산하던 텃밭은 말라죽어간다. 비상에 걸린 그들은 그 원인에 주목했다.

'수많은 난민들이 한반도로 넘어가고 있습니다.'

'이러다가 조직이 무너질지도 몰라요.'

삼합회는 비상대책을 열었다.

'어떻게 비각성자들을 붙잡을 것인가?'

먼저 생각난 방법은 무력으로 다스리는 것이다. 하지만 각성자에 비해 비각성자의 숫자는 무려 500배에 달한다.

죽음을 불사하고 탈주하는 그들을 막는 다는 것은 이미 불가능했다. 무단 이탈자의 수는 계곡에 갑자기 물이 불어나는 것과 마찬가지였다.

결국 삼합회는 다른 방법을 선택했다. 자존심은 일단 접어두고 주작 클랜의 협력을 구한 것이다.

그러기 위해서 삼합회의 중요인물이 서울에 도착했다.

⚜

"후우……."

주작 클랜의 마스터 김주아는 긴장했다. 초거대 클랜, 삼합회를 드디어 협상 테이블로 이끌어냈다. 하지만 진짜로 어려운 일은 이제부터다.

'분명 공격적인 태도를 취할 것이 분명해.'

삼합회는 유래가 범죄조직이다. 그들은 정의와는 거리가 멀고, 그 역사는 싸움과 협잡질로 가득 차 있었다. 그들을 달래서 아군으로 만들어야 하는데, 그것이 쉬워보이지 않았다.

"긴장하고 있나?"

보디가드 역할을 하고 있던 강혁준이 물었다.

"네. 마음을 다 잡으려고 하는데, 쉽지가 않네요."

나이가 어린데다가 여자다. 요근래 그녀가 이룩한 성과가 높다보니, 주작 클랜안에서는 마음으로부터 김주아를 인정하는 자들이 많이 늘었다.

허나 삼합회는 그렇지 않다. 어떻게든 흠집을 내기 위해서 저열한 짓을 벌일 가능성도 있었다.

"걱정 마라. 내가 도와줄 테니."

강혁준은 가볍게 말했다. 하지만 김주아는 왠지 모르게 거기서 큰 힘을 얻었다.

가끔 강혁준을 볼 때, 드는 생각은 거대한 성벽을 보는듯 하다는 것이다. 사실 그의 이력에 대해서는 아는 것보다 모르는 것이 많지만, 아무리 힘든 일이 있어도 무리없이 해결하는 슈퍼맨처럼 보이기도 했다.

"그들이 도착했습니다. 가시죠."

수행원이 말했다. 그녀는 심호흡을 하고 발걸음을 옮겼다.

❖

 테이블 하나를 두고 삼합회의 인물과 대면한다. 김주아는 먼저 정중하게 인사를 건네었다.
 그런데 삼합회의 인물은 인사를 받는 둥, 마는 둥 한다. 오히려 콧대를 세우면서 고개만 까딱하는 것이 아닌가?
 '저것들이 감히……'
 '하여간 떼놈들, 무식하기 그지없군.'
 주작 클랜의 인사들은 대번에 인상을 찌푸린다. 마스터를 무시한다는 것은 아무래도 주작클랜을 한 단계 아래로 본다는 뜻이었기에.
 김주아 역시 기분이 좋지는 않지만 내색하지 않고 일단 테이블에 앉았다.
 "먼길 오느라 수고하셨습니다."
 "마스터의 환대에 고맙지, 시중 드는 여인들이 그다지 마음에 들지 않소. 마스터처럼 미색이 고운 여자로 바꾸면 좋겠는데……"
 매우 무례한 발언이었다.
 주작 측에서 몇몇 인사들이 헛기침을 했다. 불편한 심정을 다르게 표현한 것이었지만, 삼합회는 신경조차 쓰지 않았다.
 "……"

김주아는 일단 묵묵이 감내했다. 바다 건너에 득시글 거리는 악마를 대적하려면, 일단 인간끼리 힘을 합쳐야 한다.

'대의를 생각해야 돼.'

김주아는 오히려 미소를 지었다. 그리고 약간 활기찬 목소리로 말했다.

"미안해요. 저도 노는 것은 좋아하지만, 뱃살이 나온 아저씨는 싫거든요."

"하하핫……. 이거 마스터께 제가 한방 먹었군요."

무례를 지적해서 혼을 내고 싶지만, 일단 둥실하게 넘어간다.

한동안 잡다한 이야기가 지나갔다. 별로 중요한 이야기는 아니었지만, 은근 주작 클랜을 무시하는 내용이 이어진다.

시간이 조금 지나서 슬슬 본격적인 이야기가 나오기 시작했다.

먼저 삼합회에서 온 다롄이라는 인물이 말을 꺼내었다.

"마스터도 잘 아시겠지만, 얼마 전 저희측 민간인 대다수가 그쪽으로 불법 이주한 것을 포착했습니다."

"그런 일이 있었던가요?"

김주아는 모르는척 말했다. 하지만 다롄은 끈질기게 그점을 문제 삼았다.

"삼합회는 이를 큰 문제점으로 생각하고 있습니다. 부디 그들을 돌려주십시오."

쉽게 말해서 옛 중국 국적의 비각성자를 내놓으라는 뜻이다.

"그건 불가합니다."

김주아는 못을 박았다. 지금 주작 클랜은 온갖 인종이 물밀듯이 들어오고 있었다. 그런데 그저 중국말을 쓴다는 이유만으로 삼합회에 돌려보낸다면, 다른 클랜들도 똑같은 요구를 할 것이 뻔했다.

"뭔가 착각을 하시는 모양인데요?"

다롄의 눈이 날카로워진다.

"이건 권고가 아니라 요구입니다. 그리고 요구에 불응하신다면, 분명 그에 해당하는 불이익을 있을 것이구요. 그 점을 숙지하고 계신 것이지요?"

그건 도발이었다. 김주아를 비롯한 여러 인사들의 얼굴이 크게 찌뿌러진다. 주작 클랜의 인물 중 하나가 맞받아친다.

"제가 무식해서 그 저의를 잘 모르겠군요. 대체 어떤 불이익을 준다는 뜻입니까?"

다롄은 그걸 능숙하게 맞받아쳤다. 그는 의자 뒤로 몸을 누이면서 자신의 대범함을 과시했다. 그리고 또렷한 목소리로 말했다.

"중국에는 저희와 뜻을 같이하는 클랜이 세 곳 있습니다. 그리고 러시아의 스킨헤드도 마찬가지입니다. 아무래도 그 쪽은 국제정세를 염두하셔야 할 것 같군요."

김주아는 고개를 돌려서 부하를 보았다. 하지만 김주아의 측근은 쩔쩔 매고 있을뿐 아무것도 모르는 눈치였다.

'벌써 자기들끼리 이야기가 오간 것인가?'

주작 클랜을 견제하기 위해서 4개의 클랜이 힘을 합쳤다. 그것은 분명 김주아에게 큰 압박으로 다가왔다.

"그 말을 어떻게 믿지요? 그저 말로만 이러시는 것이면 무척이나 불쾌합니다."

김주아 측의 인사가 반박했다. 하지만 다렌은 오히려 미소를 지었다.

"이걸 보여드리죠."

양가죽으로 만든 양피지였다. 거기에는 협정서의 내용이 빼곡하게 적혀져 있으며, 그 밑으로는 4개의 엠블렘이 각각 박혀져 있었다.

삼합회, 스킨헤드, 적월, 액시드 애로우.

하나하나가 각 지역의 패자였다. 이렇게 발 빠르게 힘을 합쳤을 것이라고는 전혀 예상하지 못했다.

'저들이 저렇게 배짱으로 튕기는 이유가 있었구나.'

김주아는 입술을 깨물었다. 반면에 삼합회의 다렌은 더욱 농밀한 미소로 말을 이었다.

"저희의 요구가 받아들여지지 않으면, 저희 통수께서 매우 불편해하지 않을까요? 하하하……."

좌불안석.

주작 클랜의 인물은 함부로 말을 못 했다. 삼합회와 1:1로 싸운다면.

그래도 할만하다. 하지만 4개의 조직과 척을 지고, 계속 명맥을 유지하는 것은 아무래도 어렵다.

Part 140 : 김주찬 (1)

김주아는 마음이 급해졌다. 이대로 간다면, 다른 클랜의 협공을 받고 위험해질 수 있는 상황.

'어쩌지?'

바로 그 때, 강혁준이 그녀의 어깨를 붙잡았다. 그리고는 앞으로 나서면서 말한다.

"역시 예전이나 지금이나 달라진 게 없구만?"

강혁준은 다렌을 비롯한 그들을 내려다보며 말했다. 마치 송충이를 보는 듯 깔아 보는 혁준의 시선.

'협잡질 하는 무리들. 이런 놈들 때문에 내가 실패했지.'

회귀 전, 강혁준의 무력은 막강했다. 하지만 그것은 다른 클랜장들의 시기를 사고 말았고, 동시에 그들은 자신의 실력을 두려워했다.

지금도 마찬가지다. 정작 중요한 것이 무엇인지도 모르고 그저 밥그릇 싸움을 위해 주작 클랜을 견제하고 있었다.

이대로 가면 예전과 똑같은 이유로 대통합은 어렵게 될 것이다. 강혁준은 이 자리를 빌어서 그 때의 울분을 풀기로 마음 먹었다.

"무례하다. 여기가 어느 안전이라고 끼어들어?"

삼합회 측의 인사들이 대번에 화를 낸다. 그들의 뇌리에 강혁준의 존재는 처음부터 없었다. 보디가드 주제에 중뿔나게 나서는 모습이 마음에 들지 않은 것이다.

"개소리 하고 있네."

"뭣이라?"

강혁준은 예절따위를 지키고 싶은 마음은 없었다. 허나 그 모습에 놀란 것은 주작 클랜도 마찬가지다

"저 녀석 뭐야?"

"끌어내!"

소란이 커질 무렵, 김주아가 나섰다.

"그만. 그가 발언할 수 있게 두세요."

강혁준을 제지하려던 움직임이 멈추었다. 김주아는 이어서 말했다.

"계속 하세요."

"그러지."

강혁준은 작게 고개를 끄덕였다.

"잠깐. 이 무례한 자는 누구요? 그리고 마스터는 지금 이 자를 두둔하는 것이오?"

다렌은 흥분해서 소리쳤다. 이곳까지 와서 이런 대우를 받을 것이라고 전혀 생각지도 못했기 때문이다.

반면에 주아는 오히려 생각을 달리했다.

'이대로 저들에게 끌려다니기 보다는, 차라리 그를 믿는 것이 더 나아.'

다렌을 비롯한 삼합회는 이미 받아들이기 어려운 조건을 내밀었다. 어차피 강혁준의 존재가 아니었다면, 여기까지 오는 것도 불가능했을 것이다.

그녀의 의도를 읽은 다렌은 불편한 표정을 지었다. 그는 화가 나서 소리쳤다.

"오늘의 일은 절대 죄시하지 않을 것이오. 막강한 힘에 짓밟혀야 정신을 차릴지도 모르지."

분위기는 극도로 혐악해졌다. 하지만 강혁준은 가볍게 귀를 파며 내뱉듯 말했다.

"그럼 그렇게 해."

"응?"

"말리지 않을게. 얼마든지 처들어 오라고. 나중에 뒷통수 치는 것보다 차라리 지금 정리하는 것이 여러모로 이득이니까."

회귀 전, 강혁준은 모든 클랜을 같이 이끌고 가려 했다. 하지만 그것은 큰 실수였다. 가능한 사람과 그렇지 않은 자는 철저히 분리하는 것이 옳다.

덜컹!

다렌은 자리를 박차고 일어났다. 더 이상의 협상은 의미가 없었다. 이제 남은 것은 무력 해결뿐이다.

"흥. 굳이 벌주를 마시고 싶다면, 그렇게 해주지."

그는 이를 갈았다.

"그러든가."

강혁준은 길을 비켜주었다. 그리고 출구를 향해 가리켰다.

"……."

삼합회의 인물은 출구로 하나씩 빠져나갔다. 결국 협상은 파국으로 마무리되었다.

남은 주작 클랜은 패닉 상태에 빠지게 되었다. 그들은 곧이어 김주아에게 설명을 요구했다. 그녀는 아직 클랜을 완벽히 제어하지 못 했다.

"자그마치 여섯 클랜의 연합입니다. 척을 질 규모가 아니에요."

"지금이라도 늦지 않았습니다. 다시 그들을 부르죠."

김주아는 약간 망설이는 태도를 보였지만 이내 마음을 다잡았다.

"아뇨. 충분히 심사숙고 하여 내린 결정입니다. 길은 정해졌어요. 그들이 우리에게 야욕을 보인다면, 그에 걸맞는 처분을 내려줄 뿐입니다."

"하지만…."

클랜 마스터의 발언은 법이나 마찬가지다. 결국 그들은 자신의 불만을 잠재울 수밖에 없었다. 다만 각자 꿍꿍이를 숨기면서 회의실을 퇴장한다.

"후우……."

측근만 제외하고 나머지 인물 모두가 퇴장하자, 김주아는 온몸에 힘이 쭈욱 빠지는 것을 느꼈다. 결국 의자에 몸을 누이고 한숨을 쉰다.

"잘했어."

강혁준이 다가와서 말했다.

"정말 이게 옳은 일일까요?"

그녀는 약간 회의적인 표정을 지었다.

"그들의 요구는 끝이 없어. 하나를 내어주면 둘을 요구하겠지. 아마 다음에는 너를 끌어내리려 했을 거야."

이미 배신을 당해본 강혁준이다. 이번에는 김주아로 타겟이 바뀌는 것뿐이다.

"알고는 있어요. 하지만 우리 적이 바다 건너에 있는데, 이대로 우리끼리 다투고 있어도 될까요?"

"김주아. 이상주의가 나쁘지는 않아. 하지만 현실과

이상은 괴리가 있지. 이제부터 하는 일은 병든 부위를 도려내는 거야. 그대로 두면 온 몸이 썩어들어가겠지만, 지금이라도 그것을 쳐낸다면 나머지는 건강한 상태가 될 거야."

너무나도 냉혹한 선택이었다. 하지만 강혁준은 이미 마음을 정한 후였다.

"그리고 이번 전투는 큰 의미가 있어. 만약 우리가 이긴다면, 중립이라고 자처하던 이들에게 선택을 강요할 수 있지."

모든 일에는 일장일단이 존재했다. 강혁준은 이번 일을 오히려 기회 삼기로 했다. 힘의 우위를 확인한다면, 나머지 인류의 힘을 합치는 것도 어렵지 않을 것이다.

"아! 그리고 싸우는 것은 내가 하지. 너는 사람을 이끌고 뒤에 앉아서 구경이나 하고 있어."

누가 들으면 허풍이라고 느껴질 것이다. 하지만 강혁준은 그럴만한 힘을 가지고 있었다.

⚜

일주일이라는 시간이 흘렀다.

오만무도한 주작 클랜을 벌하기 위해서 분연히 일어난 클랜들이 있었다.

징벌자.

그들은 자신을 가리켜 그렇게 불렀다.

삼합회를 필두로 한 그들은 많은 수의 각성자를 이끌고 한반도로 진격했다.

전력비는 3:1.

징벌자가 3이라면 주작 클랜은 고작 1에 불과했다. 전술에 대해서 무지한이라도 누가 유리한지는 단번에 알아차릴 수 있었다.

"후후… 드디어 내가 돌아왔다."

징벌자 군대의 선두.

그곳에는 낯익은 자가 서 있었다. 제법 잘 생긴 이목구비를 가졌지만, 눈매가 날카롭고 입술은 얇다. 자신의 이득을 위해서라면 얼마든지 냉혹한 마음을 가질 수 있는 남자, 김주찬이었다.

그는 주작 클랜의 마스터가 되기 위해서 여동생을 암살 시도 했다. 하지만 강혁준에 의해서 실패했고, 그에 더해 쫓기는 도망자 신세가 되었다.

그런 그가 이곳에 모습을 드러낼 수 있었던 것은 삼합회와 결탁했기 때문이다. 클랜 결성에 있어 민족성은 무시할 수 없는 부분.

한족으로 이루어진 삼합회가 주작 클랜을 집어삼키기에는 여러 문제점이 존재했다. 하지만 말 안 듣는 김주아를 축출하고 그 자리에 김주찬을 앉힌다면?

'편하게 이용할 수가 있지.'

김주찬은 철저하게 허수아비가 될 것이다. 그리고 온갖 이권은 삼합회를 비롯한 클랜 연합에게 그대로 상납 되는 것이다.

다렌은 자신이 생각해낸 술수가 너무나도 자랑스러웠다. 이번 일만 무리없이 성공한다면 조직내에서도 훨씬 높은 자리가 보장될 터, 그렇게만 된다면 거리낄 것이 없다.

"일단 전령을 보내라. 마지막으로 항복기회를 주도록 하지."

분명 숫자는 징벌자가 압도적이다. 하지만 싸우지 않고 이길 수 있다면, 그것이 최선의 방법이었다.

"넵. 알겠습니다."

삼합회의 인물 중 하나가 깃발을 들고 적진으로 달려간다. 항복 문서를 전하기 위해서였다.

이윽고….

전령은 어두운 표정으로 돌아왔다.

"그 자리에서 항복 문서를 찢어버렸습니다."

명백한 거절 의사. 이제 남은 것은 전쟁뿐이었다.

"멍청한 년."

김주찬은 잇소리를 내었다.

'처음부터 네 년은 그릇이 안 되었어. 이제 그 대가를 치를 때가 되었다.'

그는 다렌에게 다가가서 말했다.

"다렌, 이건 나를 위한 싸움이오. 그러니 선두 자리를 나에게 주시오."

다렌은 거절하고 싶었다. 전장은 어떤 일이 벌어질지 모르는 곳이다. 만약 이곳에서 그가 전사라도 하면, 일이 복잡해진다.

거절하려는데, 김주찬이 다시 말했다.

"본인은 A급 능력자요. 설마 내 실력을 못 믿는 것은 아닐테고······."

그의 말대로 김주찬의 실력은 뛰어났다. 다렌 역시 그 점은 인정하고 있었다.

"알겠소. 허나 전장은 위험한 장소이니. 부디 조심하시길."

"흥! 내 한 몸 보전할 테니 당신 몸뚱이나 걱정하시오."

결국 김주찬은 자신의 수하를 이끌고 전장에 나섰다.

"하! 어린노무 자식이···."

다렌은 이를 갈았지만, 어쩔 수 없다. 아직은 그를 구슬려야 하기 때문이었다. 그는 자신의 부하를 불렀다.

"곧바로 뒤를 따라가라. 무슨 일이 있어도 그를 보호해야 한다."

"넵. 알겠습니다."

"음?"

 김주찬과 그의 수하로 이루어진 선봉부대는 진격 도중, 무언가를 발견했다. 길목에 한 명의 남자가 서 있었던 것이다.

 "이놈! 넌 누구냐?"

 수하 하나가 나서서 물었다. 그러자 남자는 하품을 짧게 했다.

 "하아암… 어지간히 사람을 기다리게 만드는군."

 하품을 하고 일어난 사람은 다름아닌 강혁준이었다. 그는 일부러 이곳 길목에 서서 상대가 나타나기를 기다리고 있었다.

 "죽여라."

 김주찬은 곧바로 명령을 내렸다. 선봉 부대 뒤로 징벌자 군단이 떼지어 몰려오고 있었다. 이곳에서 정체한다면, 병목 현상이 빚어질 것이 분명하다.

 주찬의 명령이 떨어지자 그의 수하들은 혁준에게 다가갔다.

 부우웅…….

 창을 쓰는 수하 하나가 혁준의 목을 노리고 공격했다. 제법 날카로운 수법이었지만, 강혁준 입장에서 그것은 하품이 나오는 공격이었다.

"윽……"

창 끝은 혁준의 목울대를 5cm 앞두고 멈추었다. 혁준이 손가락 하나를 들어 창끝을 막은 것이다.

튕!

그가 가볍게 손가락을 튕겨 창끝을 쳐내자 단단한 창대가 나무젓가락처럼 쪼개졌다.

"크헉?"

그뿐만이 아니다. 창대를 들고 있던 남자의 다섯손가락이 모두 기이한 각도로 꺾였다. 창대가 부러지며 생긴 여력이 그에게도 타격을 준 것이다.

"뭐하냐? 합공해라."

한 명을 상대로 여럿이 상대하는 것은 비겁하게 보일지 모른다.

하지만 이곳은 전장.

오히려 비겁하더라도 일단 이기고 보는 것이 중요하다. 김주찬의 수하들은 각성자들 내에서도 실력이 뛰어난 편이었지만, 오늘은 상대를 잘못 만났다.

동시다발적인 합공이 쏟아진다.

그 순간.

강혁준의 팔이 이리저리 휘둘러진다. 마치 시바신(인도의 파괴신)처럼 그것이 여러개로 보일지경이다. 너무 빠르게 움직였기 때문에 보이는 잔영이었다.

푸기가가칵.

우지끈.

창, 도, 칼, 둔기 등등.

그 무엇이 되었든 강혁준의 손에 의해 모두 산산조각이 나버렸다. 강혁준은 집요하게 적의 무기를 노려 파쇄했다.

"으으으……."

"내 손…."

그에 더해 모두 손을 다치고 말았다.

전투를 속행하기 어려운 부상이었다. 김주찬은 그제서야 사태의 심각함을 느끼고 수하를 뒤로 물렸다.

"너는 누구지?"

김주찬은 의아한 목소리로 물었다. 그도 나름 A급의 실력자, 당연히 상대를 가늠하는 능력도 있다. 그가 알기로 주작 클랜에 저 정도 실력자를 본적이 없었다.

"여~ 오랜만이야. 김주찬."

Part 141 : 김주찬 (2)

 강혁준은 대뜸 반가운 목소리로 말했다. 하지만 김주찬이 혁준을 일 리가 없다.
"우리가 만난 적이 있던가?"
"아니. 이번 생에서는 없었지."
"······."
 김주찬은 내심 황당했다. 하지만 언제까지 그와 말씨름을 할 시간은 없었다.
"상황이 상황인만큼 짧게 이야기하지. 너의 실력은 잘 보았다. 특별히 내 밑에 들어올 수 있는 기회를 주도록 하지."
 강혁준은 코웃음을 쳤다.

"훗. 너 따위가?"

강혁준의 의도가 김주찬을 열 받게 하려는 것이었다면 큰 성공이었다. 김주찬은 이를 갈면서 앞으로 나왔다.

스르릉······

김주찬은 잘 벼린 검을 꺼내 들었다. 여태 그 검에 죽은 데몬과 각성자 숫자가 기백에 달한다.

'쉬운 상대는 아니다. 하지만 이길 수 있어.'

분명 혁준의 무위는 뛰어나다. 하지만 김주찬이 보기에 그는 아무런 무장도 하지 않은 상태. 그에 비해 김주찬은 뛰어난 무구로 몸을 감싸고 있었다.

"뭘 망설이는 거지? 얼른 덤벼라."

강혁준은 맨손으로 도발한다.

'후회하게 해주마.'

김주찬은 어렸을 때부터 온갖 엘리트 교육을 받았다. 그리고 그 중에서는 검도는 수준급의 실력을 자랑한다.

쉐에엑······

내지른 검 끝은 날카롭게 날아 그대로 혁준을 꿰뚫을 것처럼 보였다.

쉬이익······

혁준은 가볍게 몸을 옆으로 틀어 비켜섰고, 공격은 1mm 차이로 빗겨나고 말았다.

'크읔. 그걸 피하다니.'

공격 일변도의 움직임이었다. 당연하게도 김주찬은 빈틈을 보이고 말았다.

"……."

분명 반격을 가할 것이라고 여기었다. 하지만 강혁준은 그냥 버드나무의 잎처럼 스쳐지나갈 뿐이다. 의아한 느낌을 받은 것은 김주찬뿐만이 아니었다. 그 장면을 지켜본 모두가 이상하게 여기었다.

"뭐 그리 멀뚱이 보고 있나? 싸움 끝난 것 아니다."

강혁준의 말이 끝나기도 전에 김주찬은 다시 가열차게 공격을 시도했다.

쉬익! 쉑 쉑!

깊숙한 공격은 아니다. 좀 더 안정적으로 검을 내질렀다. 그렇지만 그 공격이 허술한 것은 아니었다. 마치 독사처럼 강혁준의 급소를 끈질기게 노린다.

"고작 이것밖에 안 돼?"

강혁준은 능숙하게 검을 피하면서 말했다. 조금만 실수해도 위험해보였지만, 강혁준은 따분한 표정으로 말할 뿐이다.

"으드드득……."

김주찬은 화가 머리 끝까지 났다. 강혁준이 자신을 가지고 놀고 있음을 깨달은 것이다. 그는 결국 자신의 절기를 꺼내 들었다.

"쉐이빙 폼!"

은색 장갑이 갑자기 일어선다. 그의 몸을 보호하고 있던 방어구는 일종의 무기였던 것이다.

촤라라락…….

보호구라고 생각했던 부위는 날카로운 칼날이기도 했다. 그것은 주찬의 명령에 따라 허공을 떠다니기 시작했다.

"네 놈. 이제 후회해도 늦었다."

원래 그 수까지 쓰지 않으려고 했다. 쉐이빙 폼은 분명 위력이 뛰어난 기술이지만, 하루에 한번만 쓸 수 있기 때문이다.

원래라면 최후의 수단까지 아낄 생각이었다. 하지만 강혁준이 워낙에 얄밉게 구는 바람에 자신의 절기까지 보이고 만 것이다.

"죽어라!"

그의 명령과 함께 날카로운 칼날은 폭풍이 되어서 강혁준에게 닥쳤다. 그것에 휘말리면 어떤 데몬이라도 다져진 고기가 되고 말았다.

"그 기술 언제 쓰는지 기다리고 있었다."

비록 배신을 당한 사이지만, 같은 깃발아래에서 데몬과 싸운 적이 있다. 김주찬의 쉐이빙 폼을 모를 리가 없다.

먼지구름과 함께 쉐이빙 폼은 강혁준을 집어삼키고 말았다. 결국 시야가 차단된 것이다. 김주찬은 당연히 자신의 승리를 믿고 있었다.

'제대로 된 방어구 하나도 없는 녀석이다. 그것을 버틸 리가 없지.'

김주찬뿐만 아니라 그 장면을 지켜본 수하들도 같은 생각이었다.

하지만…

투두둑. 투둑.

어느새 모래바람이 멈추었다. 그리고 빠르게 회전하던 칼날은 하나 둘, 바닥으로 떨어지고 있었다.

"어?"

김주찬은 눈 앞의 사실을 믿을 수가 없었다. 강혁준은 그저 손날로 쉐이빙 폼을 일일이 다 쳐내고 있었다.

개중에 마력을 모두 소모한 칼날은 결국 바닥에 떨어지고 있었다.

파바바박……

그것이 모두 바닥에 떨어지는데 걸린 시간은 그리 길지 않았다.

"이제 다했냐?"

강혁준은 하품까지 하면서 말했다.

'어디서 이런 괴물이 나왔지?'

밑바닥까지 보여주었건만 상대는 아직도 팔팔하다.

'이기는 것은 무리다. 일단 물러나자.'

김주찬은 비록 사악하기는 하더라도 명청하지는 않다. 이길 수 없는 판단이 서자, 그대로 도주하기로 마음 먹은 것이다. 하지만 그가 내뱉은 말은 전혀 다른 것이었다.

"에잇. 나로서는 무리다. 너희들 모두 나를 도와라."

"옙?"

"나는 뒤에서 지원할 테니까, 한꺼번에 저 녀석과 싸우잔 뜻이다."

김주찬이 버거워하는 상대를 나머지 인원이 감당할리 만무하다. 하지만 그들은 어쩔 수 없이 강혁준을 포위했다.

'시키는 대로 할 수밖에.'

'제발 내일 해를 볼 수 있기를.'

수하들은 강혁준을 상대로 뛰어들었다. 하지만 그것은 불에 이끌린 부나방이나 다름없었다.

'지금이 기회다.'

수하를 버리는 것이었지만, 그는 단 1초도 망설이지 않았다.

'일단 다렌과 합류한다. 그리고 대규모의 병력으로 놈을 압살하면 될 일이다.'

김주찬은 머릿속으로 다음 계획까지 수립했다. 하지만 그 계획에서 수하들의 안위는 계산 밖이었다.

'너희들의 희생은 잊지 않으마.'

수하들이 그 소리를 들었으면, 기가 막혔으리라. 김주찬은 곧바로 등을 돌렸다.

36계 출행량을 치려는 바로 그 순간.

"어디를 급하게 가시나?"

"헉!"

김주찬은 심장이 쿵하고 떨어졌다. 누군가가 등 뒤에서 작게 속삭였기 때문이다. 그리고 그럴만한 사람은 한 명뿐이었다.

"이익!"

김주찬은 검을 뽑아들어 그대로 뒤로 휘둘렀다.

'베었나?'

그가 낼 수 있는 최고의 쾌검. 하지만 검이 치고간 자리에는 아무것도 남아있지 않았다.

"일단 너는 좀 맞자."

퍼억…….

강혁준의 강철 주먹이 그의 얼굴을 때렸다.

"커헉……."

단번에 이가 부러진다.

"우욱……."

김주찬은 자신의 입 부위를 감싸쥐었다. 여태까지 이렇게 부상을 입은 적이 있던가?

없었다.

이런 고통은 처음이었다. 덜컥 겁이 나기 시작했다.

"저리 가!"

그는 다시 검을 휘둘렀다. 하지만 그것은 헛짓거리에 불과했다. 맞아도 타격을 줄 수 있을지 의문인데, 애초에 적중조차 할 수 없기 때문이다.

퍼어억!

또 다시 강혁준의 주먹이 그의 코를 강타했다. 시원하게 뻗은 코는 부러져서 볼품없이 되었다.

"컥……"

뒤로 물러나는 김주찬.

사실 강혁준은 단 한방에 김주찬을 때려죽일 수 있었다. 하지만 그렇게 하면 너무 쉬운 죽음이 아닌가? 강혁준은 이번 기회에 마음껏 울분을 풀고 싶었다.

'그나저나 안 죽이려고 힘 조절하는 것도 꽤 어렵네.'

일방적으로 때려 패는 것은 좋은데, 자신도 모르게 점점 힘이 실린다.

"으아아아……"

이제 김주찬은 자포자기 상태에 도달하고 말았다. 그는 제대로 보지도 않고 가지고 있던 무기를 마구 휘둘렀다.

그것은 적을 공격하기 위함이 아니었다. 그저 다가오지 말라고. 더 이상 맞고 싶지 않기 때문에 펼치는 저항이나 마찬가지였다.

스윽……

마구잡이로 휘두르는 검을 피한 혁준이 빠르게 다가간
다.

 턱!

 그리고는 김주찬의 멱살을 잡아 들어올린 다음, 그대로
땅바닥에 내팽겨쳤다.

 "커헉!"

 그 충격이 워낙 커서일까? 그의 입에서 피가 한웅큼 뿜
어져나왔다. 동시에 들고 있던 무기도 모두 놓고 말았다.

 "헉…… 헉……."

 그의 몸 상태는 엉망이 되었다.

 "주… 죽여라."

 김주찬이 내뱉듯 말했다. 그는 악독하고 비열한 사람이
었지만, 마지막은 깨끗하게 죽고 싶었다. 구질구질하게 목
숨을 구걸하고 싶지는 않았다.

 "싫은데?"

 하지만 강혁준은 미소를 지었다. 이정도로 옛 분노가 풀
릴 리가 없다.

 스르르릉…….

 강혁준은 거대한 거검을 하나 꺼내었다. 그것의 이름은
프르가라하. 검이 가진 특수한 능력 중 하나가 바로 치유능
력이다.

 파아앗…

황금색 빛이 김주찬의 몸에 스며든다.

"어? 아아……."

온 몸에 퍼져있던 아픔이 동시에 가신다.

그의 생사를 위협하던 상처가 모두 거짓말처럼 사라진 것이다.

그뿐만이 아니다.

부러진 이는 다시 생겨나고 뒤틀린 코도 제자리를 잡아간다.

"왜? 이유가 뭐지?"

가만히 둬도 죽을 목숨이다. 그걸 애써 살릴 이유는 없어 보였다. 김주찬의 의문을 강혁준이 이내 풀어주었다.

"방금 것은 1차전이고. 곧이어 2차전을 시작할거라서. 네 놈을 쉽게 죽이는 것은 너무 자비로운 처사거든."

김주찬의 얼굴은 새파랗게 질리기 시작했다.

"대체 내가 무슨 짓을 했다고? 나는 너를 처음 보았다. 사람을 잘못 보았다고!"

"아냐. 확실히 네가 맞다."

따지고보면 김주찬은 강혁준을 처음 만나는 것이다. 다만 강혁준의 회귀 전에 엄청난 악연이 있었지만.

"김주아는 너를 일부러 살려주었다. 너와는 다르게 착한 점이 있었어. 그래서 그녀의 얼굴을 봐서라도 너를 굳이 찾을 생각은 없었다."

짓지도 않은 죄를 벌한다? 강혁준은 그 점을 생각해서 김주찬에게도 기회를 주었다. 이대로 헛된 욕심을 버리고 조용히 재야에 묻혀 산다면, 복수를 하지 않기로 말이다.

 "헌데 네 놈은 만족하지 않았지. 끝끝내 그 알량한 욕심으로 이곳에 다시 찾아오지 않았나? 저 많은 병력을 데리고."

 "으윽……."

 "그런 놈에게 아량을 베풀만큼 내 성격이 그리 착한 것이 아니라서. 이제 죄의 댓가를 치러라."

 강혁준의 친절한 설명은 거기까지였다. 그는 저벅저벅 앞으로 걸어왔다.

 "으으……."

 반면에 김주찬은 조금씩 뒷걸음쳤다. 이대로 그를 떨쳐내고 싶지만, 그것은 불가능했다.

 "매우 아플 거다. 기대해도 좋아."

⚜

 "후우……."

 강혁준은 한숨을 쉬었다. 그의 발 아래에는 완전히 개박살난 시체가 있었다.

 바로 김주찬이었다.

"나도 어지간하군."

죽기 마지막, 김주찬은 한 마리의 짐승과 마찬가지였다. 아픔과 고통에 굴복한 그는 구슬픈 목소리로 울부짖었다.

"살려줘. 제발 살려줘."

하지만 그것을 들어줄 사람은 없었다. 그의 수하들은 애초에 도망가버린 것이다. 도저히 괴물처럼 강한 강혁준을 상대할 자신도 없고, 주찬에 대한 의리도 없었다.

그의 마지막 모습은 인간의 형태를 유지하지도 못 했다.

'옛 말은 틀렸어. 복수는 허무한 것이라고 했던가? 천만에. 앓던 이가 빠지는 기분이야.'

이 사실을 알면 김주아가 조금 슬퍼할 것이다. 하지만 한번 주어진 기회를 발로 차버린 것은 김주찬이다.

"많이도 몰려오는군."

얼마 있지 않아서, 징벌자들 군대가 보이기 시작했다. 강혁준은 김주찬의 수하를 일부러 죽이지 않았다. 따라서 강혁준이라는 존재에 대해서 미리 알고 있을 확률이 높다.

'뭐 그렇다고 달라질 것은 없지만.'

Part 142 : 천사

다렌은 마음이 급해졌다.

낯익은 김수찬의 수하들이 혼비백산해서 본진 쪽으로 도망 왔기 때문이다.

"무슨 일이냐?"

"괴… 괴물입니다. 여태까지 그렇게 강한 인간은 처음 본다구요."

그들은 횡설수설하고 있었다.

"김주찬은 어디 갔지?"

"……."

수하들은 서로 눈치만 본다. 그러다가 한 명이 개미 목소리로 말했다. 자초지종을 들은 다렌은 머리 끝까지 화가 났다.

"뭐라고? 너희들이 그러고도 남자냐?"

다롄은 황당한 표정을 지으면서 말했다. 하지만 그는 김주찬이 먼저 수하들을 미끼로 던진 사실을 모른다. 그저 강혁준이 워낙 강해서 미끼가 제 역할을 할 수 없었을 뿐이었다.

"젠장…… 얘들아. 이대로 김주찬을 잃으면 안 돼. 모두 더 빠르게 진군한다."

주작 클랜은 일단 한민족을 기반으로 한다. 그저 힘으로 억누르면 못할 것도 없지만, 많은 반대가 부딪힐 것이 뻔하다.

꼭두가시를 하나 앉혀놓고 각종 이권을 뜯어내는 것이 훨씬 남는 장사이건만. 웬 불청객 하나 때문에 그 계획이 무너지기 직전이었다.

"저…. 저 자입니다."

그의 말대로 멀지 않은 곳에 한 남자를 발견할 수 있었다.

"뭐야? 평범해보이는데?"

다롄은 의문을 표했다. 사건의 장본인이라고 할 수 있는 강혁준은 겉보기에 평범했다. 그리고 그의 손에는 무기도 보이지 않았다.

"무장이 없는 상대에게 그렇게 당했단 말인가?"

김주찬이 데리고 다니는 수하들은 제법 실력이 있었다.

그 점은 다렌도 인정하는 바였고.

"다… 다렌님."

수하 하나가 손가락을 들어 한 곳을 가리킨다.

"이런 지미럴……"

그곳에는 시체가 하나 있었다. 얼굴은 완전히 파괴되어서 알아보기 어렵지만, 복장이 낯익다.

그것은 김주찬의 시체였다.

'멍청한 놈. 안전한 곳에서 꿀이나 빨지. 중뿔나게 들이대다가 저런 꼴을 당하는 X신새끼.'

다렌은 마음속으로 온갖 욕을 다 퍼부었다. 허나 그렇다고 상황이 바뀌는 것은 없었다.

"애들아……"

다렌은 자신의 수하들을 불렀다. 그리고 강혁준을 가리키면서 말했다.

"쓸어버려."

김주찬을 주살할 정도면 분명 실력이 만만치는 않으리라. 하지만 아무리 강자라 할지라도 이런 군단을 막아서는 것은 어불성설이다.

다렌은 중화민족 답게 인해전술을 진리라 믿고 있었다.

"넵!"

충실한 수하들이 앞다투어 큰 소리로 외쳤다. 붉은 깃발 아래에 모인 그들은 용맹하게 돌진했다.

"문답무용이군."

강혁준은 거미떼처럼 몰려드는 병력을 보며 중얼거렸다. 혁준은 그다지 긴장하지 않았다. 어비스에서 악마 군단과 싸우는 것을 비교하면 이 정도는 애교에 불과했기 때문이다.

그는 가볍게 발을 들어올렸다가, 땅을 강하게 밟았다.

콰드득……

무술에서 진각이란 강하게 땅을 밟고 그 반동으로 손을 내미는 자세를 말한다. 그것으로 적을 밀어내거나 내부에 충격을 주는 방식이다.

허나 혁준은 그런 형식과는 거리가 멀었다. 그의 발에 실린 거력은 여태까지 선보였던 진각과는 거리가 한참 멀었다.

"으허어억…."

"어이쿠."

달려오던 수 많은 각성자 무리가 균형을 잡지 못하고 거꾸러진다. 어찌나 강하게 진각을 밟았는, 그 영향으로 땅이 심하게 흔들린 것이다.

느긋하게 뒤편에 서서 전투를 바라보던 다렌도 깜짝 놀라고 말았다.

"세상에! 저런 스킬도 있단 말인가?"

방금 일어난 진동은 강혁준의 순수 발힘으로 나온 것이다.

하지만 다렌을 비롯한 사람들은 난생 처음 경험한 스킬이라고 생각했다.

모두가 넘어진 틈을 타서 강혁준이 앞으로 뛰어올랐다. 그의 입장에서는 가벼운 도움닫기였지만, 20~30m의 거리가 단번에 좁혀졌다.

타다닥……

넘어졌던 각성자들은 급하게 몸을 일으키려 하고 있었다. 하지만 강혁준은 어느새 그들 머리를 뛰어넘은 후였다.

"이…… 이런?"

어느 순간 저 멀리 가버린 목표를 보면서 각성자들은 황망한 표정을 감출 수 없었다.

"나… 나를 지켜라!"

처음에는 강혁준의 움직임이 가지는 의미를 알 수가 없었다. 하지만 얼마 지나지 않아서 그의 목표가 명확해졌다.

"……"

꽤 먼 거리였지만, 다렌은 강혁준과 눈을 마주쳤다. 그리고 그 순간, 그의 행로가 바뀌었던 것이다. 그는 정확히 일직선으로 다렌을 향해 돌진했다.

차차창!

다렌을 지키는 수호대가 무기를 장비했다. 붉은 술이 달린 창이 햇빛을 반사해 반짝인다. 그들은 삼합회 내에서도 실력자로 이름 높은 자들이었다.

하나하나가 B급 각성자인데, 중국 무술을 마스터한 유단자들. 그들이 펼치는 합격술은 뛰어난 완성도로 A급 각성자를 압도한다고 일컬어진다.

다렌은 그들에게 강혁준을 맡기고 얼른 뒤로 물러났다.

하지만…

"으아아악……."

"내 팔이!"

동시다발적으로 비명과 절규가 난무한다. 나름 믿고 있었던 각성자들이 모두 땅바닥에 벌레처럼 기어다니고 있었다.

'말도 안 돼.'

다렌은 혼비백산했다. 동시에 이해가 되지 않았다. 일개 개인이 가지는 무력이라고 믿기지 않았다. 여태 많은 강자가 존재했지만, 모두 숫자 앞에서는 무력했다.

하지만 상대는 그런 고정관념을 비웃기라도 하듯이 다렌의 군단을 부숴버리는 중이다.

"너… 너는?"

강혁준은 이미 지척에 다가섰다. 그리고 다렌은 그제야 강혁준의 정체를 알아챌 수 있었다. 얼마 전에 협상 테이블에서 김주아를 경호하던 보디가드라는 것을….

"이제 알아보셨나?"

바로 그 때.

자신의 상관을 구하기 위해서 창을 들고 돌진하는 이가 있었다. 그의 기개는 칭찬할만한 것이었지만.

퍽!

강혁준은 주먹 한 방으로 그를 날려버린다. 마치 만화처럼 그는 뒤로 튕겨져 날아갔다.

"꾸에에에……."

다렌은 그 모습이 비현실적이라고 생각했다. 하지만 엄연한 현실이었다, 받아들이기 힘든.

털썩……

더이상 다리에 힘이 남아있지 않다. 그는 그대로 엉덩방아를 찧고 말았다.

"그 때는 좋았지? 입을 마구 털더구만."

"자… 잠시만. 말로… 말로 하게나. 이럴 필요까지는 없잖아."

"상황이 불리해지니까, 말이 바뀌는 거 아닌가?"

다렌은 중국어로 말했다. 하지만 강혁준은 이미 음성에 의지 자체를 실어서, 자신의 의지 그 자체를 전달하는 것이 가능했다. 다렌의 귀에는 강혁준의 말이 중국어로 들렸다.

"아무리 생각해도 너를 살려주기는 어렵겠다."

강혁준은 그렇게 말하고는 발을 들어올렸다. 그리고는 그의 머리를 지그시 밟기 시작했다.

"으아아아악!"

콰직.

어그러지는 소리가 징그럽게 들린다. 여태껏 강혁준은 살상을 자제해왔다. 허나 그것은 강혁준이 자비로워서가 아니다.

지금은 이렇게 반목하고 있지만, 언젠가는 악마들과 함께 싸워야할 전우들이다. 그런 이들을 마구잡이로 죽이면 전력도 약화되지만, 통합 할 때에도 걸림돌로 작용한다.

마구잡이 살인마를 좋아 할 놈은 없으니까.

하지만 다렌의 경우는 조금 다르다.

'살려줘봤자 백해무익하지.'

살려준다 할지라도 뒤에서 어떤 수작을 부릴지 모른다. 강혁준은 이미 경험으로 잘 알고 있었다.

그는 주위를 둘러보았다.

"……."

기묘한 침묵이 주변을 맴돈다. 원래라면 칼을 겨누고 싸워야 하지만, 실력 차이가 너무 난다. 그들의 눈에는 강혁준은 싸워서 이길 수 있는 상대가 아니다. 자연이 만들어낸 재해나 마찬가지였다. 불가항력적이고, 그저 아무런 피해 없이 지나가기만을 바라는 그런 상대.

강혁준은 호흡을 한번 고르고 큰 소리로 외쳤다. 쩌렁쩌렁한 소리가 전장 끝까지 도달한다.

"누·구·라·도 좋다. 개박살 나고 싶으면 덤벼라!"

모두 귀를 잡고 무릎을 꿇었다. 가까이 있던 이들은 귀에서 피가 흘러나오기도 했다.

'너무 세게 질렀나?'

하지만 효과는 좋았다. 그 누구도 강혁준 앞에 서기를 거부한 것이다. 그들은 곧바로 왔던 길을 되돌아가기 시작했다.

누구에게나 목숨은 소중하기에.

'아직 할 일은 많으니까.'

4개의 클랜 중에서 삼합회를 돌려보내었다. 하지만 아직 모든 적을 돌려보낸 것은 아니다.

'스킨헤드, 적월, 액시드 애로우.'

이번 주작 클랜을 치기 위해서 모여든 클랜이다.

'그들이 잘하고 있을까?'

어비스에서 데리고 온 부하들을 떠올렸다.

'미스트라라면 넘치고도 남겠지.'

데미갓도 암살하는 인물이다. 오히려 그녀를 상대하는 징벌자들이 불쌍해졌다.

⚜

적월과 액시드 애로우는 사이가 좋지 않다. 생활 영역이 겹치다보니 서로 투닥거리는 일이 잦았기 때문이다.

하지만 그런 두 개의 클랜이 서로 어깨를 나란이하고 있었다. 삼합회의 중재로 그들이 힘을 합친 것이다.

주작 클랜을 무너뜨릴 수 있다면, 식량난을 해결할 수 있다. 그에 더해 빠져나간 비각성자를 다시 되찾을 수 있는 것이다.

마음에 안 드는 동맹이지만, 그 열매가 너무 달다. 적월과 액시드 애로우는 좌군으로 주작 클랜의 옆구리를 치기로 되어 있었다.

적월을 이끄는 자는 가오라는 이름을 가진 중년남성이었다. 중장갑을 입은 사나이로서 삼국지 시대의 여포를 연상시키는 남자였다.

그는 두 발로 성큼성큼 움직였다. 그는 말을 타기에는 덩치가 너무 크기 때문이었다.

바로 그 옆에, 눈을 꿰맨 비각성자들이 힘겹게 가마를 이끌고 있었다. 그 위에 타 있는 인물은 볼품없는 늙은이였다.

그가 바로 액시드 애로우를 이끄는 쉔.

겉보기에는 힘 없는 노인네에 불과하다. 하지만 아무도 그를 무시하는 이가 없다. 오히려 그의 이름만 들어도 우는 아이가 그칠 지경이었다.

그의 스킬은 지독한 독을 만들고, 그것을 자유자재로 조종이 가능했다.

"아직 갈 길이 먼데, 당신 때문에 늦어지게 되었소."

가오는 마음에 안 드는 어투로 말했다.

가오의 생김새는 세기말 패자나 다름 없었다. 그는 각성을 한 이후로 몸이 끊임없이 자라났다. 정수를 습득할수록 키가 커지고 근육이 붙은 것이다.

이제는 같은 인간이라고 보기에도 힘들 정도다.

"이 봐. 영감이 늦게 오는 바람에 늦었잖아. 이 일을 어떻게 책임질 거야?"

가오는 못마땅한 표정으로 소리쳤다. 그가 말할 때마다 근처에 있던 각성자는 얼굴을 찡그렸다. 쩌렁쩌렁 울리는 목소리 때문에 귀가 아프기 때문이었다.

"홀홀…… 아이야. 걱정하지 말아라. 주작 클랜이 그렇게 쉽게 무너질 일은 없으니까."

반면에 쉔의 표정은 고요하다. 이렇게 보면 인자한 할아버지처럼 보인다. 하지만 그의 손에 죽어간 인간은 셀 수조차 없이 많았다.

"음?"

그러던 도중 가오는 먼 곳에서 무언가를 발견했다.

"저건 무엇이지?"

햇살에 비춰 제대로 보이지 않는다. 하지만 그 실루엣이 사람의 형상이지 않는가?

'적의 정찰조인가?'

간혹 하늘을 나는 특성을 가진 각성자도 있었다. 하지만 곧 이어 그 생각이 틀렸음을 깨달았다. 그것은 마치 새처럼 날개를 가지고 있었다.

"천사?"

비행체는 눈에 띄게 빠르게 다가온다. 그 덕분에 그 모습을 한층 알아보기 쉬워졌다.

때 하나 묻지 않은 새하얀 날개.

꿈에서나 나올 것 같은 미모의 여성은 작은 몸짓조차 성스러워 보인다.

웅성웅성……

많은 이들이 그 모습에 동요를 금치 못했다.

Part 143 : 스킨헤드

미스트라는 강하 중에 지상을 내려다보았다. 자신을 경계하는 무리들이 보인다.

타아앙!

누군가가 발포를 한 모양이다. 제법 사격실력은 있는지, 그것은 정확하게 미스트라의 머리로 날아왔다.

팅!

푸른 막에 의해 탄은 튕겨나고 말았다. 그녀는 이미 마법으로 전면을 보호하고 있었다.

'하루살이 같은 인생.'

인간의 수명은 100년도 채 되지 않는다. 그러던 것이 판데모니엄이 되면서 평균수명은 더욱 줄어들었다. 오랜 세월 살아온 미스트라가 보기에 그들은 너무나도 연약해 보였다.

'미안하지만, 그 삶을 더욱 재촉하게 되었군요.'

그녀는 마법을 준비했다.

"저… 저건?"

늘 무미건조한 표정을 짓던 쉔의 눈이 크게 떠졌다. 그는 특이체질로서 마력의 움직임에 예민했다.

"영감, 왜 그러는 것이오?"

가오는 미심쩍은 눈으로 쉔은 쳐다보았다. 왠만한 일에도 꿈쩍은 안 하던 쉔이다. 그런 쉔이 기겁하는 표정이라니.

가오의 질문에 쉔은 힘겹게 대답했다.

"이건… 들도보도못한 능력이야. 어서 군대를 물려야……"

쉔의 말이 끝나기도 전, 미스트라는 이미 주문을 완성시켰다.

좌아아아아……

그녀의 등뒤로 수 많은 마법진이 생겨나기 시작했다. 둥근 마법진은 마치 대포라도 되는듯이 지상을 조준하기 시작했다.

그리고….

지이이이이!

에너지의 노도가 하늘에서 떨어졌다. 그것은 마치 신의 분노와 같았다.

"으아아악······."

그것은 무자비하게 각성자를 타격했다. 운 좋게 직격을 맞으면, 고통 없이 저 세상으로 가버린다. 하지만 그런 행운(?)을 누린 자는 극소수였다.

"살려줘."

"끄으··· 끄으윽······."

반신불구가 되는 자들이 속출했다. 한번의 마법 폭격으로, 적의 의지를 단번에 꺾어버린 것이다.

"그만 두지 못할까!"

그 중에서 제일 흥분한 이는 가오였다. 그의 성정은 너무 쉽게 불타오르는 면모가 있었다. 또한 그는 의리가 있어서 자신의 수하들을 알뜰하게 챙기는 의외의 모습도 있었다.

앞으로 뛰쳐나가는 가오!

쉔은 뒤늦게 그를 말렸다.

"그만 둬. 자네는 그녀의 상대가 못 돼."

쉔은 단번에 사태를 파악했다. 하지만 그의 목소리가 가오의 귀에는 들리지 않은 모양이다.

"우랴랴랴!"

가오는 용을 쓰고 뛰어갔다. 그리고는 자신이 들고 있던 창을 있는 힘껏 던졌다.

쉐에엑….

그것은 일직선으로 그녀를 향해 날아갔다. 가오는 A급 각성자로서 타고난 용력과 특성이 합쳐져 마치 미사일처럼 자신의 창을 쏘아올린 것이다.

"어머나……."

미스트라 역시 가오의 움직임은 이미 파악하고 있었다. 다만 저렇게 용감하게 돌진할 것이라고는 생각지 못한 것이다.

파지직……

가오의 창은 방어막에 튕기지 않았다. 정수가 주입된 무기인데다가 가공할 위력이 담겨 있었기에 마법 방어막을 뚫어버린 것이다.

탁!

허나 방어막을 기세 좋게 관통하던 창은 이내 멈추고 말았다. 미스트라의 주 능력이 마법쪽에 치우친 것은 사실이다. 하지만 그렇다고 육체적인 능력이 떨어지는 것은 아니다.

그녀가 가진 신체 스펙은 가오를 훨씬 뛰어넘는다. 다만 치고 박는 것을 좋아하지 않을 뿐이다. 빠르게 날아오는 창을 거둬들이는 것은 그녀에게 그리 어려운 일도 아니었다.

"흥!"

가오는 그것을 보자 호승심이 자극되었다. 여태까지

수많은 강자와 싸워본 그였다.

'네 년을 당장 박살내주마!'

그는 다리에 힘을 주었다.

"후우웁……"

심호흡과 함께 그는 하늘 높이 뛰었다. 300kg이 넘는 가오는 서전트 점프만으로 쭉 치고 올라갔다.

"우랴랴랴!"

마치 슈퍼맨처럼 뛰어오른다. 그녀가 날고 있던 상공은 꽤 높았지만. 가오는 놀랍게도 거기까지 뛰어오르는데 성공한 것이다.

"이 악마. 죽어라."

가오는 커다란 주먹을 있는 힘껏 휘둘렀다. 창을 주무기로 하고 있지만, 사실상 그것이 없더라도 육체자체가 흉기였다.

반면에 그녀의 신체는 가오의 반에 반도 되지 않는다. 남들이 보기에는 가오의 승리로 보였을 테지만.

'어라?'

손에 걸리는 것이 없었다.

'어떻게 그럴 수 있지?'

가오는 이해할 수가 없었다. 자신의 모든 것을 쏟아부은 공격이었다. 여태까지 그런 적이 없었고 이후에도 그런 일이 없어야 했다.

허나 현실은 냉혹한 법.

"훗…."

미스트라의 웃음소리가 가오의 등 뒤에 들렸다. 가오의 공격을 피한 것도 모자라서 무방비한 등 뒤를 선점한 것이다.

'언제?'

가오는 의문을 표했다. 하지만 그것은 그가 이생에서 마지막으로 했던 생각이 되고 말았다.

쑤아아악….

미스트라는 가오의 영혼을 그대로 뽑아버렸다. 영혼 조작은 상대의 강함에 구애받지 않는다. 그저 접촉하는 것만으로 상대는 죽은 목숨이다.

가오의 덩치는 수백키로에 달한다. 하지만 미스트라는 그의 뒷목을 잡고 영혼을 모두 뽑아내버렸다. 그리고는 쓰레기 버리듯이 바닥에 집어 던진다.

쾅!

이내 바닥과 부딪힌다. 그의 내구력을 생각해볼 때, 이정도 충격이면 다시 벌떡 일어날 것이다. 싸움을 지켜보고 있던 그의 직속 부하들도 그런 생각을 했었다.

"주… 죽었어?"

"가오 장군님…… 이럴 수가."

무패 신화의 가오가 단번에 죽는다. 특히 적월의 부하들은 패닉에 빠졌다.

그 장면을 모두 지켜본 쉔은 그나마 냉철한 판단을 내릴 수 있었다.

'어디서 저런 괴물 같은 년이 나온 거지? 이대로 싸운다는 것은 절대 불가능하다. 무조건 도망가야 해.'

쉔은 곧바로 부하들에게 명령을 내렸다.

"모두 후퇴하라!"

그의 명령이 떨어지자, 액시드들은 곧바로 후퇴를 하기 시작했다. 비록 깃발을 다르지만, 적월도 그대로 후퇴하기 시작했다.

죽음의 비를 뿌리는 천사를 어떻게 당해내겠는가?

각성자들은 엉덩이에 불이라도 난 것처럼 도망치기 시작했다.

"……."

미스트라는 도망가는 각성자를 그저 지켜봤다. 얼마든지 추격해서 섬멸할 수 있지만, 그렇게까지 하지 않았다.

애초에 강혁준이 미스트라에게 내린 명령은 적당히 혼을 내주라는 것이었다. 그렇다면 이정도로 충분한 것이다.

삼합회, 적월, 액시드 애로우는 기세 좋게 주작 클랜을 섬멸하러 했지만, 결국 아무것도 얻은 것 없이 빈손으로 쫓겨나고 말았다.

⚜

 중국에서 온 세력은 모두 퇴출당하고 말았다. 허나 아직 하나의 세력이 남아있다. 러시아에서 밀고 내려온 그들의 이름은 스킨헤드.

 이들의 특징이라면, 모두 삭발을 했다는 점과 매우 난폭하고 잔인한 이들이라는 점이다. 여태껏 주작 클랜에서 제일 많이 이주해온 이들은 다름아닌 러시아 난민들이었다.

 그렇게 된 이유를 고르자면, 단연 스킨헤드의 무자비한 약탈 때문이었다.

 여타 다른 클랜처럼 스킨헤드는 따로 비각성자를 거두지 않았다. 그들은 넓은 러시아 대륙을 떠돌면서 비각성자들이 모여 사는 마을을 습격했다.

 마치 야생 동물을 수렵하는 것처럼 말이다.

 그럴 경우 간혹, 사상자가 나오기도 했지만 스킨헤드는 상관하지 않았다. 그들에게 있어서 비각성자 마을을 습격하는 것은 즐거운 스포츠였기 때문이었다.

 주작 클랜에서 난민을 받아들이자, 제일 많이 움직인 무리도 러시아쪽 난민들이었다. 결국 사냥감이 부족하게 되자, 제일 난감한 진영은 스킨헤드였다.

 그러던 차에 삼합회에서 제의가 들어왔다. 힘을 합쳐서 주작 클랜을 박살내자고.

스킨헤드는 거절할 이유가 없었다. 그들은 병력을 일으켜서 단번에 주작 클랜으로 진격했다.

"크크큭. 곧 있으면 신나는 파티가 이어지겠군."

"그러게 말이야. 생각만 해도 신이 나는군."

적월, 액시드애로우, 삼합회는 중국을 근거지로 둔 클랜이다. 위치상을 볼 때, 서쪽에서 황색 먼지를 일으키며 진군해 왔다.

반면에 스킨헤드는 북에서 남으로 진격을 거듭했다. 그 말인즉, 여유롭게 주작 클랜의 뒤통수를 치는 것이 가능했다.

게다가 스킨헤드는 그 누구보다도 약탈에 특화되어 있었다. 주작클랜과 정면으로 마주하는 것보다 적진 깊숙이 쳐들어가서 배후를 교란시키는 것이 작전이다.

하지만……

"뭐? 저건 대체 뭐야?"

"말도 안 돼. 그들이 왜 여기 있는 거지?"

예상과 전혀 다른 결과가 그들을 마주하고 있었다. 징벌자와 주작클랜의 전력비는 3:1이나 된다.

주작 클랜은 막을 곳은 많은데, 병력에는 한계가 있는 상황.

그렇기에 그들은 서쪽에서 몰려드는 삼합회를 비롯한 3대 세력을 막고 있어야 했다.

허나 지금.

스킨헤드의 진격 방향을 틀어막고 있는 것은 주작 클랜의 본대였다.

"대… 대장? 어떻게 하죠?"

스킨헤드 수하가 그들의 우두머리에게 묻는다. 악당 대머리들을 이끄는 족장의 이름은 이바노프였다.

족제비 같은 생김새에 몸이 고무줄처럼 늘어나는 특성을 가지고 있었다. 두 자루의 도끼를 잘 쓰는데, 변칙적인 공격이 그의 특기라고 할 수 있었다.

"주작 놈들, 대가리에 총 맞았나? 왜 저런 바보짓을?"

난감한 것은 이바노프라고 다를 바 없었다. 적의 주력부대가 여기 있다면, 스킨헤드에게는 처음부터 승산이 없었다.

"저 놈들과 싸우면 우리 손해다. 슬슬 빼는 척이나 하자."

"대장. 그럼 도망치는 겁니까?"

수하들은 의뭉스러운 표정으로 되물었다. 이바노프는 답답한 표정을 지으면서 가까운 수하의 엉덩이를 차버렸다.

"하여튼 멍청한 놈. 그럼 여기까지 달려온 노고가 헛수고가 되어버리잖아."

이바노프는 멍청한 자신의 수하들에게 대략이나마 자신의 전략을 공지했다.

"지금 이 순간에도 떳 놈들이 서쪽에서 밀고 올 것이다. 그동안 우리는 이곳에서 뻗대면 될 일이야."

"아하. 그렇다면 굳이 놈들과 싸울 필요는 없다는 뜻이죠?"

"그래. 이쪽이 질게 뻔한데. 뭐하러 싸우냐?"

이바노프의 말대로 주작 클랜의 본대에 비하면 스킨헤드의 주력은 큰 전쟁을 치루기에 손색이 있었다.

"앗! 대장. 적들이 움직입니다. 곧장 이쪽으로 오는 뎁쇼."

"후훗. 뻔하지. 상대적으로 약한 우리를 각개격파하려는 수작일뿐이다."

이바노프는 큰 소리로 외치기 시작했다.

"얘들아!"

그에 화답하듯 수많은 스킨헤드가 큰 목소리로 외쳤다.

"우아!"

"X 빠지게 튀자!"

"우랴아!"

스킨헤드는 약탈로 먹고 사는 클랜이었다. 상대가 조금이라도 버거우면 도망치는 것에 대해서 전혀 거리낌이 없었다.

다다다다!

거친 먼지를 일으키며, 스킨헤드는 도망을 친다. 그 뒤를 주작 클랜 본대가 따라붙지만, 추적이 용이하지 않았다.

 스킨헤드의 주장비는 가죽 쟈켓에다가 가시 달린 도끼가 전부였다. 반면에 주작 클랜은 몸을 보호하기 위한 장구가 주어졌다.

 분명 방어력이 높은 병력은 주작 클랜이었지만, 기동성은 스킨헤드가 한 수위였다. 아무리 열심히 쫓아다녀도 스킨헤드는 멀찍이 후퇴했다.

 "멍청한 놈들, 내 엉덩이나 봐라."

 스킨헤드는 직접 엉덩이를 까보이면서 주작을 농락했다. 그 모습을 보면서 이바노프 역시 너털웃음을 터뜨렸다.

 "크헤헤헤…… 닭 쫓던 개의 표정이구나."

Part 144 : 리바이벌

지리한 공방전이 이루어졌다. 주작 클랜은 어떻게 해서든지 스킨헤드를 박살내려고 공세를 취했다. 하지만 그럴 때마다 스킨헤드는 기동력을 이용해서 도망쳐 버린다.

지키는 입장이었던 주작은 언제까지 스킨헤드를 쫓을 수는 없는 상황.

그런 날이 하루, 이틀 지나갔다.

이바노프는 슬슬 의구심이 들기 시작했다.

"이상하군. 지금쯤이면 동맹군이 와야하는데."

스킨헤드를 제외한 나머지 클랜이 도와줄 때가 되었다. 그럼에도 도와주러오지 않는 것이 의문이었다.

"대장, 영 기분이 안 좋은데요?"

"떼놈들이 우리를 배반한 것 아닙니까?"

"아쉽지만, 이만 물러가죠."

수하들은 너도나도 할것 없이 고향으로 돌아가자고 이야기했다. 신나게 약탈이나 하면서 꿀이나 빨 줄 알았건만, 하루종일 도망만 다녀야하니 기분이 좋을 리가 없다.

"흐음……."

이바노프는 생각에 잠겼다. 이윽고 그는 수하들에게 말했다.

"좋다. 딱 내일까지만 기다려보도록 하자. 그 이후에도 별 다른 일이 없으면 고향으로 가는 거다."

그의 말에 수하들 모두가 기뻐했다. 하루만 더 고생하면 되기 때문이다. 살기등등한 주작클랜과의 술래잡기는 더 이상 하고 싶지 않았다.

⚜

다음 날.

이른 아침부터 주작 클랜이 물 밀듯이 밀려온다. 그 어느 때보다 더욱 적극적인 모습이었다.

"이 놈들이 아침부터 뭘 잘못 먹었나?"

"그러게. 아주 입에 거품을 물고 달려드네."

스킨헤드는 혀를 내두르면서 도주를 준비했다. 이바노프

역시 미련을 버리면서 말했다.

"다시는 땟놈들을 믿지 않으리."

결국 타향길에서 고생만 하고 가지 않는가?

이바노프에 명령에 내려 그대로 후퇴 할 생각이었다. 하지만 그들의 계획은 성립되지 못 했다.

⚜

"슬슬 오는구만."

이바노프를 비롯한 스킨헤드는 재차 후퇴 중 이었다. 하지만 그 후퇴하는 길목에 강혁준이 대기하고 있었다.

그는 삼합회를 마무리한 뒤, 부지런히 이곳으로 달려온 것이다.

"몸이 백 개라도 모지라는군."

예상은 했지만, 주작클랜은 자신들보다 전력이 약한 스킨헤드를 잡지 못하고 있다. 결국 본인이 직접 나서야 할 것 같았다.

'이블 플랜트.'

강혁준은 곧바로 마력을 태워 스킬을 시전했다. 스킨헤드의 도주로 앞쪽에 먼저 식인식물을 대량으로 풀어놓은 것이다.

"콰라라라……."

마치 톱니처럼 생긴 이빨 사이로 끈적한 소화용액이 흘러나온다. 그저 바라보는 것만으로 경기를 일으킬만한 비쥬얼이었다.

"맙소사. 저건 뭐야?"

"야! 밀지 마. 밀지 말라고!"

열심히 도주하던 스킨헤드들은 급제동을 해야만 했다. 식인 식물의 영양분이 될 위기기도 했지만, 바라보는 것만으로도 공포심을 자아내는 거대한 덩굴로 된 벽!

"우와아아……."

문제는 뒤에서도 닥쳤다. 추격해 오던 주작 클랜이 모습을 드러낸 것이다.

"오 신이여."

"도망갈 곳이 없어!"

스킨헤드는 비명을 지를 수밖에 없었다. 아무리 주위를 둘러봐도 생로가 보이지 않는다.

앞에는 식인식물, 뒤로는 성난 주작클랜이 버티고 있었다. 말 그대로 진퇴양난의 순간이었다.

⚜

"마스터. 적들을 사지에 몰아넣었습니다."

드디어 적을 사지에 몰아넣었다. 하지만 김주아는 이해

하기 어려운 명령을 내렸다.

"절대 적과 충돌하지 마세요. 압박만 가하도록 합니다."

"네?"

"그러다가 적들이 도망칠 수도 있습니다!"

전투에 능한 각성자들은 단번에 반대를 하고 나왔다. 하지만 마스터의 명령은 무엇보다 우선되어야 했다.

결국 스킨헤드를 앞에 두고 대치 상황이 이어졌다.

이해하기 어려운 상황에 이바노프 역시 어리둥절한 느낌을 받았다.

"저 썩을 놈들 왜 안들어오는 거지?"

"글쎄요?"

바로 그 때, 낯선 이가 걸어오기 시작했다. 이바노프는 그를 보고 생각했다.

'아하… 이제야 알겠군. 주작 놈들, 항복을 종용하려는 것이야.'

기분이 확 나쁘다. 스킨헤드는 불모지에서도 살아남았다. 비록 비열하고 더러운 악당이라 할지라도, 이런 대우는 받고 싶지 않았다.

"대장, 어떻게 할깝쇼?"

"데리고 와라."

이바노프는 쿨하게 말했다. 일단 이야기는 들어본다. 지금 걸어오고 있는 전령이 항복하라는 소리만 하면 당장 목을 베어버릴 작정이었다.

⚜

　전령의 정체는 바로 강혁준이었다. 그는 홀로 전령의 임무를 띠고 스킨헤드가 득시글거리는 곳으로 진입했다.
"뭘 쳐다보냐? 눈깔 안 깔아?"
"이걸로 배를 확 쑤셔버릴까보다."
　살벌한 말이 여기저기서 튀어나온다. 이바노프의 명령 때문에 참고 있지만, 그들 머릿속에서 강혁준은 이미 끔찍하게 해체하고 있었다.
　이윽고 강혁준은 이바노프와 독대를 할 수 있었다. 먼저 이바노프가 말했다.
"하! 잘 왔다. 용기가 제법 가상하군."
　강혁준은 그저 고개를 끄덕였다.
"살아남고 싶으면 말을 잘하는 것이 좋을 거다. 흐흐흐……"
　강혁준은 주위를 둘러보다가 말했다.
"항복하라고 해봤자. 너희들은… 아마 거절할 테지?"
"물론이다. 겁쟁이들이나 항복을 하지. 우리가 그렇게 만만해 보이는가?"
　이바노프는 당당하게 소리쳤다.

"어."

단답형이었다. 일순 그곳은 침묵으로 가득 찼다. 이윽고 이바노프가 말했다.

"너… 지금 제정신이냐?"

살인에 익숙한 각성자가 주변에 득시글거린다. 오래 살고 싶으면, 말조심하는 것이 상책이었다.

"걱정 마라. 난 지금 어느때보다 정신이 똑바르니까."

퍼어억!

무언가 쑥하고 지나갔다. 그리고 강혁준 뒤에 있던 스킨헤드 머리에 도끼가 하나 박혀 있었다.

털썩……

그것은 이바노프가 던진 것이었다.

"그럼 그 입 때문에 죽어도 할 말이 없겠네?"

이바노프는 이를 갈면서 말했다. 협박을 하는 와중에 애꿎은 각성자 하나가 사망했지만, 이들중에서 아무도 그것을 문제 삼지는 않았다. 스킨헤드는 자기들끼리 장난을 치다가도 여럿 죽어나가는 놈들이다.

"하긴 밑도 끝도 없이 그런 말하면 이해가 안 되겠지. 그럼 한 가지 제안을 하지."

"말해라."

"너희들 중 누가 되었든 나를 쓰러뜨리는 자가 있다면……. 그대로 길을 열어주겠다. 다만 나를 이기는 자가 없다면, 너희들은 모두 나의 노예가 된다는 조건이지."

"뭐라고?"

"아 물론. 특별히 너희에게 메리트를 주도록 하지. 열명이 되었든 백명이 되었든 얼마든지 떼를 지어서 덤벼라. 하루 종일 상대 해줄테니까."

강혁준의 제안에 모두 얼이 빠졌다. 하지만 이바노프는 재미있는 표정으로 말했다.

"좋아. 정 뒈지고 싶다면 그 소원쯤은 들어줘야지."

이바노프는 부하들에게 턱짓을 했다. 그 뜻을 알아들은 수하 3명이 강혁준에게 다가갔다.

각자 그들 손에 들려진 연장은 날카롭거나 뾰족했다.

"병신 새끼. 지옥에서 후회해라."

동시다발적으로 달려든다. 그들의 합격술은 제법이었다. 폼새만 보더라도 오랫동안 합을 맞춰왔다는 것을 알 수 있었다.

허나 C급에 불과한 각성자가 아무리 노련하게 움직이더라도 강혁준 앞에서는 애들 장난이나 마찬가지다.

퍼어억!

무기가 강혁준 몸에 닿기도 전에 강혁준의 주먹이 그들의 얼굴을 훑었다.

"커억!"

"꾸엑."

순식간에 3명은 인사불성이 되었다. 그 모습을 본 이바노프는 어깨를 으쓱거리며 말했다.

"제법인데? 애들아. 제대로 손님맞이 해줘라."

"넵!"

이번에는 수십명이 한꺼번에 달려들었다. 하지만 SSS급 각성자 앞에서 숫자는 그리 중요하지 않았다.

"……."

그들이 모두 땅바닥에 눕는데 걸린 시간은 10초도 걸리지 않았다. 그제서야 이바노프는 사건의 심각성을 깨달았다.

'눈에 보이지도 않았다. 어떻게 이런 일이 가능한 거지?'

이바노프는 자신도 모르게 마른 침을 삼켰다. 만만해보이던 상대는 어느새 마음속에서 자라나 거인처럼 보이기 시작했다.

이바노프는 자신의 애병을 꺼내었다. 그리고는 나머지 부하들에게 눈짓을 했다.

'일단 죽여!'

마치 사탕 하나에 달려드는 개미떼처럼.

살의에 가득 찬 스킨헤드들이 강혁준에게 쇄도했다.

"그래. 차라리 그게 더 편하지."

커다란 망치, 날카로운 죽창, 은밀한 소도가 난무했다.

하지만 그 어느것도 목적을 달성하지 못했다.

빠바박. 퍼버벅!

강혁준은 거대한 토네이도였다. 그 누가 되었든 영향권 안에 들어가면 모두 튕겨져 나갔다.

"으으윽……."

죽은 이는 없었다.

혁준이 요령 있게 그들을 상대했기 때문이었다.

'틈… 틈이 보이지 않아!'

이바노프는 당황했다. 수 많은 강자를 만나봤지만, 저렇게 압도적인 영향력을 행사한 자는 없었다.

"……."

어느 순간 아무도 강혁준에게 덤비는 자가 없었다. 능력 차가 너무 나버리면, 어쩔 방도가 없기 때문이다.

"하… 항복이오."

틈만 있다면 도끼로 까버릴 작정이었다. 하지만 그것은 그만의 생각이었다.

스킨헤드 중에서 제일 강하다는 이바노프다. 하지만 강함은 상대적인 것, 강혁준의 무력 앞에서는 한없이 나약했다.

쩔그렁.

이바노프가 먼저 무기를 바닥에 버렸다. 그러자 나머지 스킨헤드도 그를 따라서 무기를 모두 버렸다.

'그나마 생각은 할줄 아는군.'

더 이상 싸울 마음은 없어보였다. 강혁준도 저항 의지를 잃어버린 그들을 더 압박할 생각은 없었다.

'귀찮지만, 그래도 이 방법이 그나마 피를 적게 흘리는 방법이니까.'

이리저리 불러 다니느라 고생이 많았다. 하지만 그가 이렇게 직접 나서지 않았다면, 스킨헤드와 주작 클랜의 전쟁은 크게 벌어졌을 터였다.

'이제 남은 건 그녀에게 맡겨야지.'

⚜

그 이후의 일은 일사천리로 진행되었다.

스킨헤드 잔당은 모두 주작 클랜에 떠넘겼다. 김주아는 그들을 몸값 삼아서 많은 정수를 벌어들였다. 마음 같아서는 모두 절단을 내고 싶지만, 이후 인류 통합을 위해서 결단을 내린 것이다.

초기에 징벌자들은 승리를 믿어 의심치 않았다. 하지만 결과는 그 반대였다. 그들은 아무것도 얻은 것 없이, 자신의 집으로 돌아가야 했다.

그 이후.

주작 클랜을 바라보는 세상의 눈빛이 달라졌다. 예전처럼 힘으로 누를 수 있는 그런 존재가 아니었다. 무엇보다 주작 클랜은 배고픔을 해결할 수 있는 방법이있다.

중립을 지키던 수 많은 클랜은 앞 다투어 주작 클랜과 협상을 시작했다.

협상은 순조롭게 진행되었다. 수많은 조직이 주작 클랜의 의도대로 이주를 시작한 것이다.

그리고 주작 클랜은 하나의 기구를 창설하기에 이르렀다. 인류의 부흥과 악마의 침략에 맞서기 위해 창설된 기구는 '리바이벌' 이라고 이름 지어졌다.

부활이라는 뜻으로 다시 인류의 부흥을 소망한다는 뜻에서 지은 것이다.

본거지를 떠나서 해안가로 이주하는 클랜을 위해 아발론은 바쁜 나날을 보내었다. 이미 건조해둔 배들은 순식간에 동이 나버렸기 때문이다.

"나무가 더 필요해요. 그리고 숙련된 기술자도 턱 없이 부족하구요."

"난민의 숫자는 늘어나는데, 거주지가 없어요."

"도적의 습격이 있었습니다. 말도 통하지 않고 다짜고짜 공격을 하고 있어요."

허나 문제는 꼬리에 꼬리를 물고 나타났다. 세상사 쉬운 일은 전혀 없었던 것이다.

Part 145 : 지상세계

"골치가 아프네."

김주아는 신직한 문세를 보며 한숨을 쉬었다. 반면 강혁준은 근처 소파에 앉아서 한가하게 쉬고 있었다.

그 모습을 보니 괜히 부아가 치민다.

"이봐요?"

"응?"

"일을 이렇게 벌인 것은 아저씨인데, 제일 태평한 것도 아저씨네요."

"그런가? 뭐 그렇다고 하지."

강혁준은 별 생각없이 고개를 끄덕였다.

"흠…… 뭐라도 좋으니 저 좀 도와줘요."

그녀는 결국 어리광을 부리듯이 말했다. 어차피 이곳에서 그를 강압적으로 움직일 사람은 없다. 차라리 이렇게 이야기하는 것이 더욱 도움이 되리라.

"알았다. 그래. 뭘 좀 도와줄까?"

"그렇다면 이거라도 좀 봐줘요."

그녀는 한 장의 문서를 건네주었다. 한 마리의 데몬이 다스린다는 마을에 대한 조사 보고서였다.

"웃기는군. 데몬은 사람을 잡아먹는 식량으로 볼뿐이야. 어떻게 짐승이 사람과 조화롭게 산다는 거지?"

"물론 그렇지만…… 정말로 보고가 그렇게 올라왔거든요."

"그래서?"

"가서 확인을 부탁드려요. 그리고 패악을 끼치는 데몬이라면 부디 깔끔한 처치 부탁드리지요."

"물론. 누구의 부탁인데."

대략 거리를 제어보니 3~4일이면 도착할 거리였다. 강혁준은 간단한 작별인사를 하고 곧바로 길을 나섰다.

※

뭉크는 특이한 개체였다.

어비스 전체를 뒤져보아도 뭉크와 닮은 존재는 없었다.

대게 데빌은 인간 형태로서 그 나름의 문명을 이루고 산다. 반면에 뭉크는 커다란 애벌레처럼 생겼기에, 도저히 데빌로 봐주기는 어려웠다.

허나 그는 데몬이라고 하기도 힘든 고도의 지능을 가지고 있다. 게다가 금세 인간의 언어를 따라하는 언어감각은, 타의 추종을 불허할 정도다.

오랜 세월을 던젼에서 홀로 지낸 그의 나이를 누구도 알 수 없었다. 그런 오랜 세월이 지나는 동안, 그는 한 명의 인간과 조우했다.

그의 이름은 강혁준.

뭉크는 혁준를 만나서 자신의 집이나 다름없었던 던젼을 빠져나왔다.

처음 그가 강혁준을 따라서 위험할 수도 있는 밖으로 나온 이유는 간단했다.

새로운 먹거리.

던젼에서 먹던 것들과는 차원이 다른 음식이 즐비했다. 양도 양이지만, 그는 음식의 맛도 즐길 줄 아는 진정한 식도락가였던 것이다.

간혹 위험한 일에 휘말려 고초를 겪기도 했지만 지금에 이르러서 그는 한치의 후회도 하지 않았다.

어느 날.

그의 친우라 할 수 있는 강혁준이 먼 길을 떠난다고 들었다. 혁준이 지상으로 가는 날이었다.

뭉크는 소식을 듣고 재빨리 달려가서 말했다.

"뭉크도 지상가고 싶닼. 뭉크도 데려다락."

하지만 강혁준은 고개를 저었다. 그리고는 단호한 목소리로 말했다.

"분명 후회하게 될거다. 그리고 나도 잠깐 있다가 다시 되돌아올거라고."

그는 그렇게 말했다.

뭉크는 실망했다. 지상에 가면 새로운 먹거리가 그를 기다리고 있을 것 같았기 때문이다.

"넌 그냥 집이나 지키고 있어라."

강혁준을 그렇게 말하고는 떠나버렸다. 자신의 부하들만 데리고.

하지만 뭉크는 이대로 포기하지 않았다.

뭉크는 뛰어난 후각을 이용해서 그들의 뒤를 쫓아갔다.

게이트 너머로 사라지는 강혁준과 그의 수하들.

뭉크는 뒤뚱거리는 걸음걸이로 그들을 쫓았다. 곧 이어서 닫히기 시작하는 포탈.

뭉크는 아슬아슬하게 그 포탈 안으로 몸을 넣었다.

"……"

뭉크는 한동안 넋이 잃은 표정으로 주변을 둘러보았다. 어비스의 세계와는 너무나도 다른 곳이었다.

"신…신기하닥."

산천초목은 푸른 색을 유지하고 있었다. 저 멀리 지저귀는 새도 보인다. 무엇보다 특이한 점은 하늘에 떠 있는 작은 별들이었다.

그것은 셀 수도 없이 많이 있었는데, 그것 하나하나가 뭉크의 커다란 눈망울에 아로 새겨졌다.

"지상은 멋진 곳이닥. 그렇지 않냑?"

뭉크는 그렇게 말했다. 그런데 아무도 그에 대답을 해주는 이는 없다.

뭉크는 뒤늦게 문제가 생긴 것을 깨달았다. 지상으로 무사히 도착한 것은 다행이다. 하지만 강혁준을 비롯한 일행은 뭉크의 존재를 모르고 그만 멀리 떠나버린 것이다.

"뭉그 외롭닥. 나들 어디갔냑?"

뭉크는 스스로의 부족함을 잘 알고 있었다. 위험한 소화액을 뿜어낼 수 있지만, 기본적으로 본체는 매우 연약한 편이다.

"찾아야 한닥. 혼자는 위험하닥."

짧은 다리를 부지런히 움직이기 시작했다. 하지만 이내 새로운 주변 환경에 유혹 당하고 말았다.

"킁…. 킁…."

새로 피어난 꽃들이 만발해 있었다.

평소에 사막이었지만, 얼마 전에 호우가 왔다. 모래 속에 숨어져 있던 꽃과 초목이 그 때를 맞이해서 자란 것이다.

뭉크는 한동안 이것저것 냄새를 맡아봤다.

"이걸로는 부족하닥."

그는 결국 입을 쩌억 벌렸다. 그리고 혀를 이용해서 예쁘게 피어있던 꽃을 움켜쥐었다.

후드득……

단번에 입안으로 가져가는 뭉크.

그리고 그것을 씹기 시작했다.

"맛있닥!"

만약 그 자리에 강혁준이 있었다면 이런 말을 했을 것이다.

'네가 맛 없는 것이 있겠나?'

뭉크는 금세 새로운 먹거리에 집중하기 시작했다. 자란 지 얼마 되지 않은 초목은 금세 뭉크의 뱃속으로 사라졌다.

"지상은 좋은 곳이닥."

뭉크는 한동안 그곳을 정처없이 떠돌았다. 그러다가 자연스레 그곳을 가로지르는 물줄기를 발견했다.

콰콰콰……

어비스에는 강이 없다.

필요한 식수는 지하를 파서 충당했다. 그런 뭉크가 보기에 그 광경은 놀라운 것이었다.

"시… 시원하닥."

뭉크는 입을 대고 물을 쭈욱 빨아당기기 시작했다. 그 누구보다 커다란 위장을 가진 그였지만, 도도하게 흐르는 강줄기를 마르게 하는 것은 역부족이었다.

"음?"

물을 마시던 도중, 무언가가 입에 툭 걸린다. 뭉크는 머리를 젖히며 그것을 뱉어냈다.

파닥파닥…….

그것은 송어였다. 블랙홀처럼 빨아들이는 뭉크의 흡입력을 버티지 못하고 그만 잡혀버린 것이다.

물이 없는 곳의 숭어는 어디가지도 못하고 제자리에서 팔딱거릴 뿐이다. 뭉크는 처음에는 그것에 다가가지 못했다.

미지의 존재는 두려운 것이기에.

하지만 이내 그것에 새로운 호기심이 생기고 말았다.

"무슨 맛일까?"

일단 냄새부터 맡아본다. 약간 비린내가 났다. 허나 뭉크에게 있어서 그것은 새로운 식욕을 자극했다.

"꿀꺽……."

침을 삼키는 뭉크. 그는 작은 앞발로 숭어를 낚아챘다.

"미… 미끄럽닥."

이내 놓치고 만다. 그리고 그것은 강으로 다시 돌아가고 말았다.

"아……."

결국 다 잡은 물고기를 한순간의 실수로 놓쳐버린 뭉크였다.

"다… 다시 한닥."

그는 미련하게 강에다가 입을 박고 물을 마신다. 하지만 예전과 같은 요행이 일어날리 만무하다. 배터지게 물만 마시고 고기를 낚을 수는 없었다.

"실망이닥."

새로운 먹거리에 대한 열망은 시간이 갈수록 더욱 커졌다. 그는 어떻게 해서든 그것을 먹기 위해 머리를 굴렸다.

"저 안에 들어가서 잡작. 그러면 된닥."

후에 일어날 사고를 전혀 예상하지 못하고, 그는 강 안으로 들어가기 시작했다.

"음? 으으윽!"

처음에는 괜찮았다. 그런데 어느 순간부터 세찬 물살에 밀리기 시작한다. 어떻게든 균형을 유지하려 했지만, 그건 쉽지가 않았다.

"으아아아악!"

결국 물살에 휩쓸려 떠내려가고 만 것이다.

"뭉크… 켁… 뭉크… 살려락. 꾸르륵."

물고기를 잡기 위해 물 안으로 들어간 것까지는 좋았다. 다만 중요한 문제점인 수영 실력이 전혀 받쳐주지 않았다.

한참 물을 마시는 뭉크는 이러다가 죽을지도 모른다는 위기감이 들었다. 어쨌든 그도 숨을 쉬어야 살 수 있는 생명체였기 때문이다.

'이… 이러다 죽을지도 모른닥……'

뭉크는 점점 의식이 희미해져갔다. 그리고 이내 의식을 잃고 말았다.

⚜

뭉크는 게슴츠레 눈을 뜬다.

"으으윽."

신음이 절로 나온다. 분명 위험한 순간이었지만, 죽지는 않았다. 의식을 잃은 뒤, 운 좋게 물살에 쓸려서 강가에 도달한 것이다.

"살았닥."

거의 틀림없이 마지막이라고 생각했다.

"다… 다시는 물에 들어가지 않는닥."

그는 소중한 교훈을 배웠다. 한 줌의 물은 위험하지 않지만, 그것이 모이고 모여서 강이 되면 생명 하나 앗아가는 것은 어렵지 않다는 것을.

"우웨에엑……"

살면서 처음으로 뱃속에 있는 것을 게워내었다.

"토했더니 배 고프닥."

하지만 다시 물속에 들어가고 싶지는 않았다. 뭉크는 어기적거리면서 강에서 멀어졌다.

뭉크는 외로운 길을 걷기 시작했다.

✧

강을 따라서 쭈욱 내려간다. 가다가 배가 고프면 주위의 것을 집어먹었다.

간혹 위험한 데몬을 만나는 경우가 있었지만, 뭉크는 영리하게 도망다녔다. 그는 뛰어난 후각을 가지고 있어서 미리 데몬의 존재를 알아차렸기 때문이다.

그렇게 길을 가던 도중, 뭉크는 기이한 감정을 느끼게 되었다. 10년 전에는 그 감정을 느끼더라도 크게 개의치 않았다.

하지만 지금은 괴로웠다. 그저 몇 주정도 홀로 지냈을 뿐인데.

그는 외로움을 느끼고 있었다.

"보고 싶닥. 혼자 있는 것은 싫닥."

던전에서 지내는 동안은 외로움을 느끼더라도 상관 없었다. 하지만 강혁준과 지내면서 새로운 감정, 즐거움을 알게 된 것이다.

'이야기 하고 싶닥. 누군가의 품에 안기고 싶닥. 같이 놀고 싶닥.'

뭉크는 강렬한 열망을 가지게 되었다.

그 이후로 그는 자신의 후각을 이용해서 지적 생명체를 찾기 시작했다.

가끔 데몬 이외에도 야생 동물을 포착했다. 하지만 그들은 말이 통하는 존재가 아니었다. 뭉크의 기괴한 모습을 보고 놀란 동물은 육식이든 초식이든 가리지 않고 도망가버렸다.

"……."

날이 어둑어둑해진다.

어비스와는 다르게 저녁이 되면 기온이 급속도로 내려간다. 뭉크는 추위를 피해서 하룻밤 지낼 곳을 찾았다.

근처에 작은 굴이 있었다.

살펴보니 안에는 아무도 없었다. 자연적으로 생성된 굴인 모양이다. 적어도 바람을 피하기에는 안성맞춤으로 보였다.

그 날 밤.

비와 바람이 세차게 불었다. 마치 세상을 뒤집기라도 하는 것처럼.

뭉크는 한층 몸을 웅크리고 잠에 빠졌다.

⚜

이른 아침.

짹짹…….

휘몰아치던 비바람은 모두 그쳤다. 오히려 맑고 고운 새소리가 들려온다.

뭉크는 어기적거리며 밖으로 나왔다. 햇살이 반갑게 그를 반겨주었다.

"오늘따라 좋은 일이 일어날 것 같닥."

굴 밖으로 나가서 주변을 둘러봤다. 사막 지역에서 벗어나 초목이 우거져 있었다. 그는 주변을 돌아다니며 이것저것 주워먹기 시작했다.

"으그적… 으그적……."

딱딱한 나무든, 독이 든 풀이든 상관하지 않았다. 오히려 어비스에서 먹었던 것에 비하면 너무나도 순한 음식이었다.

"킁…. 킁….."

그러던 도중, 난생 처음 맡는 냄새가 그의 코끝을 스쳤다. 어쩌면 위험한 존재일지도 모른다. 하지만 뭉크는 저절로 그에 이끌려 발걸음을 움직였다.

Part 146 : 친구

"나나나… 나나……."

이제 8살쯤 되었을까?

흑발의 여아는 흥얼거리며 꽃을 따고 있었다. 하지만 그것도 잠시, 그녀는 금세 그것에 흥미를 잃었다.

이번에는 작은 나비가 나풀거리면서 아이에게 다가온다. 그녀는 자리에서 일어나서 다시 나비를 쫓기 시작했다.

"나비야아…"

손을 뻗어서 잡으려고 하지만 너무 높다. 점프를 하는데, 그만 균형을 잃고 넘어졌다.

"아야…"

결국 무릎 부위가 까지고 말았다.

"히이잉……."

그녀는 울상을 지었다. 하지만 아픈 것도 잠시 그녀는 꿋꿋이 일어났다. 혼자서 아무리 울어봤자, 아무도 그녀를 봐주는 이가 없었기 때문이다. 이것은 그녀가 살면서 빠르게 깨우친 일이기도 했다.

"훌쩍……."

어느새 해가 중천에 떴다. 하지만 부모님이 집으로 돌아오려면 아직 한참 멀었다. 아이의 부모는 먹고 살기 위해서 근처에 있는 정수 광산에서 일을 한다. 저녁 늦게 돌아오면 거의 말도 하지 않고 잠에 빠져들기 일쑤였다.

소녀는 부모의 관심을 받고 싶었지만, 그러기에 세상은 너무 가혹했다. 하루라도 일을 하지 않으면 굶기 십상인 현실.

결국 아이는 혼자 지내는 것에 익숙해져야 했다.

부스럭……

무언가 움직이는 소리.

소녀는 호기심에 그쪽을 바라봤다.

스스슥!

검은 그림자가 나무 뒤로 숨는 것이 보인다.

"어?"

그녀는 천천히 나무쪽으로 걸어갔다. 그것은 위험할 수도 있었다. 그녀의 부모도 신신당부했다.

'집에서 나가지 말고, 문 잠그고 있으렴. 알았지?'

하지만 소녀는 그 당부를 지킨적이 없었다. 이대로 집안에 있기에는 너무나 따분했기 때문이다.

호기심이 강한 그녀는 나무 뒤에 숨어있던 그에게 다가갔다.

"우-와!"

그녀는 감탄사를 터뜨렸다. 여태까지 보지 못한 생물체가 거기 있었다. 자기와 비슷한 키의 그것은 마치 거대한 애벌레를 연상시킨다.

작달만한 다리, 통통한 배, 커다란 입, 세겹의 눈은 조금씩 움직이며 자신이 생물체임을 주장하는 듯하다. 만약 다른 인간이 있었다면 기겁을 했겠지만, 소녀는 오히려 깊은 호기심을 드러냈다.

"안녕?"

그녀가 인사를 건넸다. 하지만 '그것'은 긴장된 표정으로 멀리 달아나려고 한다.

"내 이름은 주희야. 네 이름은?"

'그것'은 주저하다가, 이윽고 입을 움직였다.

"뭉크닥. 해치지 말아락."

그녀는 맑은 눈망울을 크게 뜨면서 말했다.

"와아! 너 말할 줄 아는구나?"

그녀는 더욱 가까이 다가갔다. 이제는 손만 뻗으면 닿을 거리까지 온 것이다.

"……."

뭉크는 잠시 눈치를 보다가, 더 이상 도망가는 것을 포기했다. 자신의 모습을 보면 놀라서 도망갈 것이라고 생각했던 상대다. 운이 나쁘면, 자기 무리를 데려와서 자신을 죽일지도 모른다는 공포심도 있었다.

허나 처음보는 인간 여아는 그럴 마음이 없어보였다. 오히려 뭉크에게 강한 호기심을 드러내며 다가온다.

주희는 뭉크의 머리를 향해 손을 뻗었다. 뭉크는 그것에 약간 겁을 먹고 움츠러 들었다. 혹시 자신을 해치지 않을까 싶어서다.

하지만 그것은 기우였다. 어린 아이에 불과한 주희에게는 어떠한 힘도 없다. 오히려 강력한 소화액을 가진 뭉크가 훨씬 위험한 존재라고 볼 수 있었다.

"헤에……. 미끌미끌거려."

그녀는 마치 애완견을 만지듯이 뭉크의 머리를 어루만져 주었다.

"무우우우…… 크…."

처음에는 긴장이 되었다. 하지만 그녀의 손길은 이내 기분 좋은 것이 되고 말았다.

"뭉크. 기분이 좋닼."

오랜 시간 홀로 떨어져 있었다. 외로움에 사무친 그에게 있어서 주희의 손길은 너무나도 다정하고 그리운 것이었다.

"헤헤…… 같이 놀자. 뭉크!"

주희는 곧바로 뭉크의 조그마한 손을 잡았다.

끄덕-

주희의 작은 손에 이끌려 뭉크는 길을 나섰다.

"이것 봐. 내가 주로 노는 곳이야."

주희의 집 뒤편에 있는 작은 들판을 가리키며 말했다. 형형색색의 꽃이 피어있었고, 간혹 풀벌레가 뛰어다니는 동산.

그녀는 신이 나서 자신이 알고 있는 장소를 하나하나 소개하기 시작했다.

작은 개울가, 근처 방목하고 있는 염소떼도 보여주었다.

메에에……

염소들은 뭉크를 보고 도망가기 시작했다. 그의 생김새가 워낙 괴이한 탓이다.

"너무 기죽지 마."

시무룩한 뭉크에게 그녀가 말했다. 그렇게 지내다보니 시간은 금세 흘러갔다. 이윽고 해가 지려 할 때였다.

"뭉크. 이제 나 집에 가야 해. 부모님이 올 시간이 되었거든."

뭉크는 고개를 끄덕였다.

"내일 또 만날 수 있을까?"

주희의 말에 뭉크는 고개를 끄덕였다.

"물론이닥. 내일 뭉크 여기서 기다린닥."

그녀는 손인사를 하면서 떠나간다. 하지만 이대로 헤어지는 것이 아쉬워서일까? 그녀는 여러번 뒤를 돌아보며 뭉크에게 손을 흔들었다.

⚜

다음 날.

그녀는 빠른 걸음으로 뒤뜰에 나갔다. 그리고 거기에는 뭉크가 기다리고 있었다.

"캬하하하……."

그 날은 서로 술래잡기를 하면서 놀았다. 술래는 늘 뭉크의 몫이었다. 그는 뒤뚱거리면서 움직였는데, 늘 아슬아슬하게 주희를 잡지 못했다.

"뭉크… 힘들닥."

주희는 또래 아이들보다 훨씬 활기찼다. 그녀는 상기된 얼굴로 말했다.

"덥지?"

"그렇닥."

"수영하러 가자."

그녀는 뭉크를 이끌고 개울가로 갔다.

첨벙첨벙.

그녀는 그대로 옷을 입은채 개울 안으로 다이빙했다.

"하하하…. 들어와. 시원해."

"뭉크. 괜찮닥."

한번 물에 빠진 기억이 있어서일까? 뭉크는 땀을 흘리면서 거절했다. 하지만 주희는 끈질긴 면모가 있었다.

"얼른 오라니까."

손을 잡고 당긴다. 뭉크는 뒤로 빼려고 했지만, 결국 안으로 들어왔다.

"자 괜찮지?"

개울가는 물살이 약한 편이었다. 저번처럼 떠내려가는 일은 없었다.

"뭉크 괜찮닥."

오히려 시원한 느낌이 좋았다. 주희는 자신의 특기를 뽐내고 싶어졌다. 그녀는 바위 틈에 숨어있는 가재를 찾기 시작했다. 이윽고 그녀의 손에는 빨간 가재가 들려 있었다.

"헤헤헤…… 뭉크 이것봐. 내가 잡은 거야."

뭉크는 가재를 보면서 침을 주르륵 흘렸다. 단번에 그것이 맛있는 음식이라는 것을 알아챈 것이다.

"먹고 싶어?"

주희는 혹시나 싶어서 물어보았다. 뭉크는 고개를 끄덕거렸다.

"그럼 너 줄게."

뭉크는 두 손으로 그것을 받았다.

꿀꺽……

입을 쩌억 벌리고 그것을 한번에 삼키려고 했다. 하지만 가재의 앞발에 그만 코부분을 집히고 말았다.

"쿠에에엑."

아픔에 놀란 뭉크는 난리를 피운다. 가재는 그 와중에 저 멀리 도망가고 말았다.

"많이 아퍼?"

주희가 놀라서 묻는다. 뭉크는 아픔보다 놓쳐버린 가재가 더욱 아쉬웠다.

"뭉크 아프닥. 하지만 그것을 못 먹어서 더 가슴 아프닥."

"하하하……. 뭉크는 먹보네."

"먹보?"

"그래. 먹보. 네 별명은 이제부터 먹보야."

뭉크는 주희를 따라서 웃었다. 먹보의 뜻이 무엇인지 정확히 모른다. 하지만 주희가 웃으니까. 따라서 웃었다. 그에게 있어서 중요한 것은 그녀의 기분이었으니까.

"하아. 실컷 놀았더니. 피곤하다. 그치?"

"뭉크는 아직 괜찮다."

뭉크는 고개를 저으며 말했다. 이대로 그녀가 다시 집으로 돌아갈 것 같았기 때문이다.

하지만 주희는 아직 돌아갈 생각이 없었다. 그녀는 근처 나무 밑기둥으로 갔다. 따가운 햇살을 피할 수 있었고 시원한 바람까지 불어서 쉬기에는 안성맞춤이었다.

뭉크가 먼저 그곳에 앉았다. 주희는 물렁거리는 뭉크의 뱃살에 자신의 머리를 기대었다.

"뭉크?"

"듣고 있닥."

"나는 뭉크가 와서 정말 좋아. 너는 좋은 친구야."

혼자는 심심했다. 그 어떤 놀이도 금방 질렸기 때문이다. 하지만 뭉크가 온 이후, 작은 일에도 즐거웠다. 그리고 그것은 뭉크도 마찬가지였다.

"뭉크는 좋은 친구닥. 그건 맞는 말이닥."

고개를 주억거리며 말한다.

"저걸 봐."

그녀가 하늘을 가리켰다. 거기에는 뭉게 구름이 지나가고 있었다. 주희가 보기에 구름은 각각 형태를 지니고 있었다. 코끼리를 닮은 형태도 있었고, 비행기 같은 구름도 있었다.

"앗 뭉크 구름도 있어."

그녀의 말대로 뭉크처럼 짜리몽땅한 형태의 구름이 지나갔다. 그녀는 그것을 보면서 말했다.

"뭉크와 지내는 것은 너무 즐거워. 언제나 같이 있었으면 좋겠다."

그녀는 자신의 소망을 담아서 말했다. 뭉크 역시 그녀와 같은 생각을 했다.

"……."

주희는 새근새근 잠에 들었다. 어제밤, 다시 뭉크를 만나 놀 생각에 늦은 밤까지 잠들지 못 했기 때문이다.

뭉크는 자신의 배에 머리를 기대고 자는 주희를 바라보았다. 그녀를 보면서 뭉크는 빙그레 미소를 지었다.

⚜

해가 지고…….

주희의 부모는 집으로 돌아왔다. 그런데 아무리 주위를 살펴도 딸이 보이지 않았다.

"또 밖으로 나간 모양이군."

결국 지친 몸을 이끌고 자신의 딸을 찾으러 밖으로 나갔다. 집에만 있으라고 늘상 이야기하지만 딸은 말을 잘 듣지 않았다.

물론 이곳은 주작 클랜의 영향권이다. 벌써 오랫동안 데몬이 쳐들어오는 경우는 거의 없었다. 하지만 세상일은 어떻게 될지 알 수 없다. 굳이 데몬이 아니더라도 산짐승이 와서 아이를 해할지도 모른다.

"이번에 찾으면, 단단히 일러둬야겠어요."
"그러게 말이야."
주희의 부모는 아이가 있을 법한 장소를 찾기 시작했다.
"주희야······."
부모의 목소리는 제일 먼저 뭉크가 들었다. 뭉크는 최대한 천천히 몸을 뒤로 빼었다. 주희가 잠에서 깨지 않도록.
그리고는 숲 속으로 몸을 숨겼다. 정확한 이유는 알 수 없었다. 하지만 왠지 이렇게 해야 할 것 같았다.
"여보! 주희를 찾았어요!"
주희는 여전히 입가에 미소를 지으며 자고 있었다.
"······."
고된 노동을 마치고 집에 왔다. 하지만 그런 힘든 노동도 아이의 미소를 보자 어느정도 누그러졌다. 부모는 아이를 깨우지 않고 업었다.
"무··· 뭉크······."
무의식적으로 잠꼬대를 한다. 주희의 아빠는 처음 듣는 그 단어에 대해서 아내에게 질문했다.
"뭉크? 그게 뭐지?"
"글쎄요? 동화책에 나오는 캐릭터인가보죠."
그들은 별 생각 없이 지나갔다. 하지만 뭉크는 멀지 않은 곳에서 그들 가족을 지켜보고 있었다. 그리고 이내 그 자리를 떠났다.

⚜

다음 날.
전날 뭉게구름이 모이더니, 어느새 하늘이 흐려졌다.
쿠르릉….
한차례 번개가 내려치더니, 비가 오기 시작했다.
사아아….
간만에 내린 비는 그칠 줄 모르고 쏟아졌다. 뭉크는 하루 종일 같은 자리에서 기다렸다. 원래라면 주희가 나타나야 할 시간이건만, 그녀는 보이지 않았다.

"……"

하늘은 어둡고, 비는 차가웠다.
뭉크는 비를 맞으며 하염없이 그녀를 기다리고 있었다.

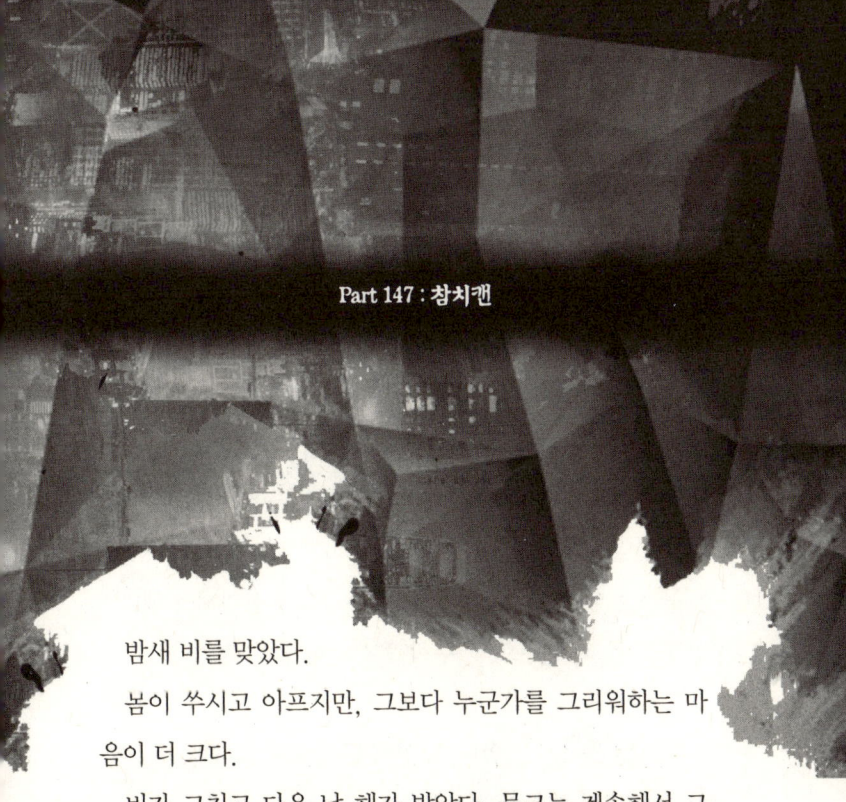

Part 147 : 참치캔

밤새 비를 맞았다.

봄이 쑤시고 아프지만, 그보다 누군가를 그리워하는 마음이 더 크다.

비가 그치고 다음 날 해가 밝았다. 뭉크는 계속해서 그 자리를 지켰다. 그리고 얼마가 지났을까? 뭉크는 다시 그녀를 만날 수 있었다.

"뭉크!"

소녀가 달려와 안긴다. 뭉크는 여태까지 응어리진 마음이 모두 풀리는 것 같았다.

"미안. 어제는 엄마가 집에서 못나가게 했어."

비가 많이 와서일까? 광산이 하루 쉬게 되었다. 그 덕분에 그녀는 가족의 감시로 집밖으로 나올 수가 없었다.

"뭉크 괜찮닥. 뭉크는 혼자서도 잘 지낸닥."

뭉크는 허세를 부리기 시작했다. 하염없이 그녀가 사는 방향을 보고 있었으면서도.

주희는 그런 뭉크를 사랑스럽게 바라보았다. 그리고는 집에서 가져온 음식을 꺼냈다.

"이건 내가 뭉크를 위해서 가져온 거야."

밥에다가 소금으로 간한 것이 전부인 주먹밥이다. 하지만 식량이 부족한 탓에 그것만으로도 소중한 식량이었다.

"자, 먹어!"

뭉크는 입을 쩌억 벌리고 그것을 단숨에 삼키려고 했다.

"……뭉크, 배부르닥. 주희 오기 전에 많이 먹었닥."

"정말?"

주희는 놀라서 물었다. 주변을 둘러봐도 그녀가 먹을 만한 것은 거의 없었기 때문이다.

"뭉크 이런거 먹는닥."

뭉크는 그 자리에서 커다란 나무 가지를 쑥하고 삼킨다. 그리고는 특유의 소화액으로 가볍게 소화시켰다.

"우와, 뭉크 대단해!"

"이정도는 기본이닥."

뭉크는 식욕의 화신이었다. 그런 그가 주먹밥을 먹지 않은 이유는 간단했다. 그가 보기에도 주희는 무척 깡마른 아이였다.

그녀의 부모들이 나름 신경써서 밥을 먹이고 있지만, 한참 자라는 아이에게는 그것도 부족한 것이다. 뭉크는 자신의 식욕까지 참아가면서 주먹밥을 먹지 않았다.

오히려 그녀를 위해서 식량을 준비해야 겠다는 생각이 들었다.

'인간은 어떤걸 먹직?'

지금 그의 머리에 가득찬 생각은 그런 것이었다.

※

그 날 이후,

뭉크는 그녀와 헤어진 후, 매일 사냥을 하면서 지냈다. 그녀가 먹을 수 있는 음식을 구하기 위해서다.

뭉크는 강한 소화액을 가지고 있다. 강력한 데몬과 싸우는 것은 불가능하지만, 산짐승정도는 얼마정도 잡을 수가 있었다.

푸쉬이이익!

뭉크는 물총처럼 자신의 소화액을 일직선으로 쏘았다. 그리고 그것은 멧돼지의 뇌간을 정확히 꽤뚫었다.

털썩.

"해냈닥! 뭉크는 유능하닥."

원래라면 그 자리에서 뼈도 남기지 않고 먹어치웠을 터였다. 하지만 그는 자신보다 곱절이나 큰 멧돼지를 짊어지고 옮기기 시작했다.

"끙… 끙……."

그것은 여간 어려운 일이 아니었다. 뭉크는 가다 쉬다를 반복했다. 마지막으로 그는 주희집의 뒷마당에 멧돼지 사체를 내려 놓았다. 그리고는 혹시라도 들킬라 빠르게 사라졌다.

✢

"여… 여보!"

죽어있는 멧돼지를 보면서 놀란 주희의 엄마가 소리쳤다.

"무슨 일이야?"

얼마 지나지 않아 그 역시 죽은 멧돼지를 살펴볼 수 있었다.

"왠 멧돼지가 이곳에 있어?

이유를 알 수가 없었다. 머리에 구멍이 꿰뚫린 것이 총이라도 맞은 것처럼 보였다.

"어쩌지요?"

주희의 엄마는 자신의 배를 어루만지며 말했다. 고된 노동에 비해서 매일 먹는 것은 쌀죽 한그릇이 전부다.

"음……"

고민은 짧았다. 이유는 알 수 없지만, 갑자기 식량이 생겨났다. 그는 곧바로 잘 벼린 나이프를 가져왔다. 그리고는 서툰 솜씨로 가죽을 벗기기 시작한다.

"여보?"

"이게 무슨 조화인지는 모르겠지만, 일단 내 자식이랑 당신을 먹여 살려야 하지 않겠어?"

그는 이미 마음을 정했다. 그는 고기를 부위대로 잘라서 훈제하기 시작했다. 오래두고 먹기 위한 방책이다.

그리고 안심 부위는 따로 잘라서 곧바로 굽기 시작했다. 간만에 고기 굽는 냄새가 주변에 퍼졌다.

"엄마? 무슨 냄새야?"

주희 역시 어리둥절한 표정으로 물었다. 마지막으로 고기 반찬을 먹은게 기억도 나지 않을 정도다.

그 날, 주희 가족은 배터지게 고기요리를 먹을 수가 있었다.

⚜

그 이후로도.

각종 산짐승들이 주희네 집으로 배달되었다. 식량이 풍족해지자, 더 이상 정수 광산에 나갈 필요가 없어졌다.

오히려 짐승 가죽을 팔아서 다른 집보다 훨씬 풍족하게 살게 됐다. 주변 이웃들은 주희네의 사냥 실력을 부러워 했다.

각성자도 못할 일을 가볍게 해냈기 때문이다. 그 노하우에 대해서 물어보는 이도 있었지만, 내외는 입을 꾹 다물었다.

허나 주희의 아버지는 지금 주어지는 선물에 대해서 마냥 즐겁지는 않았다. 일단 가족을 먹이기 위해서 산짐승을 받고 있지만, 뭔가 꺼림직한 부분이 있었던 것이다.

대체 누가 이런 선행을 하는 것인지 궁금증과 불안이 함께 커져갔다.

그래서 하루는 날을 잡고, 밤을 지새우기로 했다.

부엉…. 부엉….

야심한 시각.

그 날은 달빛이 밝았다. 그 덕분에 비교적 피아식별이 어렵지 않았다.

주희의 아버지는 조용히 숨어있었다. 이윽고 멀지 않은 곳에서 이질적인 소리가 들리기 시작했다.

지이이익… 지이이익……

조그만한 그림자가 자신의 몸보다 곱절이나 큰 곰 사체를 옮기고 있었다.

'곰이라고?'

곰은 맹수 중에서도 최상위 포식자다. 그 맷집과 근력은 인간이 감당할 수 없는 것이었다. D급 각성자라도 혼자 처리하긴 어려운 상대.

"뭉크 힘들닥. 뭉크 허리 나간닥."

그리고 밝은 달빛에 의해서 정체불명의 상대가 드디어 모습을 드러냈다.

'데… 데몬!'

주희의 아버지는 눈이 튀어나올 것 같았다. 여태까지 선행을 베풀어준 상대가 데몬인 것도 모자라, 태연히 인간의 말까지 하고 있다.

게다가 이어지는 말은 더욱 가관이었다.

"뭉크 힘들지만, 기쁘닥. 이거라면 주희는 배부르게 먹을 수 있닥."

데몬은 그렇게 말하고 물러났다. 그 장면을 모두 지켜본 주희의 아버지는 마음이 심란해졌다.

지금 본 것을 누구에게 말한다면 단번에 거짓말쟁이로 몰릴 것이다. 하지만 자신이 본 것은 여과없는 사실.

해가 뜨고, 그는 자신의 딸을 불렀다.

그는 조악한 그림실력으로 뭉크를 그렸다. 그리고는 딸에게 그것을 보여주며 물었다

"주희야."

"네. 아빠."

"여기 있는 괴물 어디서 본 적이 있어?"

그의 질문에 아이는 고개를 끄덕였다.

"응. 그런데 뭉크는 괴물이 아니야. 뭉크는 주희의 친구야."

"친구?"

"응. 내가 심심할 때, 같이 놀아줬어."

"하아……."

주희의 아버지는 할말을 잃었다. 설마하니 데몬과 지내고 있을 줄이야. 하지만 뭉크는 주희을 위해서 매일매일 산짐승을 사냥했다.

그것을 봐서 분명 그 괴물은 주희에게 호감을 가지고 있음이 분명하다.

"여보. 이 일을 어쩌요?"

"그러게 말이요."

주희는 순진무구한 표정으로 말했다.

"아빠. 나 뭉크랑 놀러가고 싶어. 매일 집에만 있었더니 심심하단 말이야."

산짐승 덕분에 식량난이 해결되었다. 굳이 힘들게 정수 광산에 나갈 필요가 없어졌기에, 부부는 주희로 하여금 위험한 바깥에 가지 못하게 했다.

주희는 그 점이 늘 불만이었다.

"좋아. 대신 아빠랑 같이 가자꾸나."

"응!"

주희는 기쁘게 말했다. 자신의 친구를 아빠에게 소개하고 싶었기 때문이다.

⁕

주희는 아버지와 함께 뒤뜰에 나갔다. 그런데 뭉크는 아무리 찾아봐도 보이지 않았다.

"이상하다. 늘 마중나와주었는데."

주희는 주변을 살펴보며 말했다. 반면에 주희의 아버지는 그 이유를 쉽게 알 수 있었다.

'아무래도 내가 있어서 그렇겠지.'

아버지는 아이에게 말했다.

"뭉크에게 이렇게 말해주렴. 보내준 산짐승 때문에 잘 살고 있다고. 오늘은 뭉크에게 고마움을 표시하러 왔다고."

"네!"

주희는 아버지에게 시킨대로 외쳤다. 그것은 효과가 있었다.

나무 뒤편에서 쭈볏거리며 뭉크가 나타난 것이다. 하지만 언제든지 도망갈 태세를 취하고 있었다.

"뭉크!"

그러던 사이에 주희는 뭉크에게 달려갔다. 그리고는 단번에 그를 껴안았다.

"뭉크, 숨 막힌닥."

뭉크 역시 짧은 꼬리를 흔들면서 기뻐했다. 여태까지 힘들게 짐승을 잡은 것이 헛되지 않은 것 같아서다. 오랜만에 만난 주희는 몰라보게 살이 올라 있었다.

영양실조에 시달리던 모습과 크게 대조를 이룬다.

"네가 뭉크로구나."

뒤늦게 주희의 아버지가 다가와서 말했다. 처음에는 사람을 불러서 데몬을 잡아야 하겠다는 생각이 들었다.

'하지만 은혜를 원수로 갚을 수는 없지.'

게다가 그런 행동은 황금을 알을 낳는 거위의 배를 가르는 짓이었다. 뭉크가 매일 가져다준 산짐승으로 주희네 가족은 예전보다 훨씬 살만해졌다.

"뭉크는 주희가 좋닥. 얼마든지 도와줄 수 있닥."

무엇보다 말이 통한다.

겉보기에는 흉측한 존재지만, 상대 역시 지성체임이 틀림 없다.

"여태까지 도와줘서 고마워. 우리 가족을 대표해서 말이야."

아버지는 품에서 무언가를 꺼내었다. 그리고 그것은 뭉크도 잘 알고 있는 것이었다.

"참치캔이닥!"

강혁준이 그를 꼬드길 때, 사용한 음식이었다. 그리고 여태까지 한번도 그 맛을 잊은 적이 없는 음식이었다.

"주희가 이야기해주었어. 네가 이걸 그렇게 좋아한다며."

뭉크는 틈만나면, 참치캔의 맛을 이야기했다. 그는 오랜 인생을 살면서 참치캔만큼 맛있는 음식을 경험한 적이 없었기 때문이었다.

"헤…헥……. 뭉크 먹고 싶닥."

"너에게 주려고 가져온 것이다. 얼마든지 먹으렴."

주희의 아버지는 그에게 참치캔을 주었다. 뭉크는 단번에 그것을 입 안으로 가져갔다.

뭉크는 캔을 따는 절차를 거치지 않았다. 그대로 입어 넣어 통째로 씹어먹었기에.

주르륵…….

캔이 우그러지면서 안에 있던 기름이 주르륵 흘러나왔다. 기름지고 느끼해보였지만, 뭉크에게는 천상의 맛이었다.

"히이햐아악!"

뭉크는 즐거운 비명을 지르며 맛을 음미했다.

"끄억……."

뭉크는 만족한 표정을 지으며 말했다.

"뭉크 이제 여한이 없닥."

그것은 농담이었지만, 그 정도로 뭉크는 만족한 표정을 지었다.

'다행이군. 역시나 말이 통하는 상대였어. 게다가 품성도 나쁘지 않은 것 같아.'

주희의 아버지는 안도의 한숨을 쉬었다. 그 해괴한 모습과 곰도 사냥하는 실력을 지녔지만, 그와는 별개로 순진한 모습 그 자체였다.

게다가 자신의 딸을 애완동물처럼 따르는 것을 보아하니, 큰 걱정은 하지 않아도 될 터였다.

"아빠. 아빠. 나 뭉크랑 놀래. 그래도 되요?"

"물론이지. 단 아빠가 보는 앞에서만 해야 한다."

"응!"

주희는 신이 나서 뭉크에게 달려갔다. 그리고 뭉크의 작은 손을 잡고 말했다.

"같이 놀자."

뭉크 역시 커다란 머리를 끄떡였다. 주희의 아버지가 나타났을 때만 하더라도, 이제 이곳을 떠나야 하나 싶었다.

허나 오히려 주희와 만날 수 있는 시간이 늘어났다. 뭉크는 오랜만에 행복한 마음으로 주희와 함께 지낼 수 있었다.

Part 148 : 각성

모든 문제가 사라진 것으로 보였다. 뭉크는 주희 가족의 일원으로 받아들여졌고, 그들 가족을 위해서 사냥을 자주 나가야했지만, 그것이 귀찮지 않았다.

오히려 스스로의 가치를 입증하는 것이었기에, 기쁘게 사냥을 했다. 사냥을 마치고 돌아오면 뭉크는 주희와 어울려서 놀기도 했다.

하지만 모든 것이 완벽하다고 여길 쯤, 파국이 찾아왔다.

주작 클랜과 징벌자는 크게 부딪혔다. 전투의 끝은 완벽한 주작 클랜의 승리로 마무리지어졌지만 문제는 그 후였다.

어느 전쟁이나 갈 곳을 잃은 패잔병들은 있기 마련. 주희가 사는 마을에도 몇몇 각성자 무리가 몰려들었다.

중국인으로 이루어진 그들은 낭패감에 어쩔 줄 몰라하고 있었다. 바라는 바는 다시 고향으로 되돌아가는 것이지만, 식량이 모두 바닥나버렸기 때문이다.

"이곳에서 필요한 식량을 구하도록 한다."

적월의 분대장이라고 할 수 있는 챙은 그렇게 명령을 내렸다. 하지만 부하들은 모두 겁에 질려 있었다. 미스트라에 의해서 갈가리 찢겨지던 동료들이 아직 눈에 선하다.

"그… 괴물이 다시 나타나면 어떡하죠?"

"괜한 소란을 부리다가는 그녀가 우리를 찾을지도 몰라."

그의 분대원들은 거의 제정신이 아니었다. 공포심이 머리 속에 뿌리박혀 있었다.

"그런 괴물이 우리 같은 조무래기를 일일이 쫓아다니진 않아. 그러니까 허튼 소리 그만하고, 우리 살 길이나 알아보자고."

챙의 말에 부하들은 고개를 끄덕였다.

그러던 중 부하 하나가 와서 말했다.

"멀지 않은 곳에 집이 있습니다. 아직 우리의 존재를 눈치채지 못했습니다."

"좋아. 그곳을 목표로 삼지."

챙을 비롯한 7명의 각성자 무리는 곧장 행동을 개시했다.

챙의 명령에 따라 예의 집을 습격한 것이다.

쨍그랑……

창문이 깨지고 유리창이 비산한다. 어지러이 흩어지는 가운데, 집 안에 있던 부부는 깜짝 놀라고 말았다.

"누구시오?"

주희의 아버지가 그렇게 말했지만, 돌아오는 것은 매서운 주먹이었다.

퍼억!

"조용해!"

그는 중국어로 외쳤다. 그 뜻은 알아듣기 어려웠지만, 협박이라는 목적은 충분히 성취했다.

"여… 여보."

그녀는 부들부들 떨었다. 갑자기 나타난 괴한에 의해 붙잡히고 말았기 때문이다.

"집 안에는 두 명뿐입니다."

"그래? 그럼 일단 쓸만한 건 다 뒤져봐."

부하들은 명령에 따라 집을 뒤지기 시작했다. 얼마 지나지 않아서 훈제한 고기와 가죽이 나왔다.

"호오…… 이거 예상외인데?"

대게 비각성자들은 매우 빈곤한 생활을 한다. 하지만 그들이 습격한 집은 달랐다.

"재주가 좋은 모양이군."

이정도 양이면 여기서 눌러서 살아도 될 정도였다. 그러던 중, 부하 하나가 와서 말했다.

"대장, 아무래도 이들 부부에게 자식 하나가 있는 것 같습니다."

여아들이 입을 만한 옷을 보고 그가 말했다.

"상관없다. 기다리고 있으면 집에 들어오겠지. 그 때 잡으면 될 일이니까."

챙은 부하들을 바라보며 한 마디 더 했다.

"오늘 저녁은 이곳에서 지낸다. 내일 아침 일찍 떠날 것이니까, 그리 알도록."

부부는 각성자를 바라보면서 두려움에 떨 뿐이었다. 아무쪼록 자신의 딸에게 아무 일이 없기를 바라면서 말이다.

⚜

그 시각.

주희는 뭉크와 함께 지내고 있었다. 그들은 넓은 들판에서 소꿉 장난을 하고 있다.

"뭉크, 이건 내가 만든 케이크야. 맛 좀 볼래?"

주희는 진흙으로 빗은 케이크를 내밀면서 말했다.

"뭉크 케이크 좋아한닥. 뭉크는 케이크 잘 먹는닥."

말은 그렇게 했지만, 뭉크도 그 진흙을 먹지는 않았다. 아무리 뭉크라도 진흙을 맛있게 먹을 수는 없었기 때문이다.

대신 맛있게 먹는 흉내를 한다.

"헤헷……."

그녀와 뭉크는 즐거운 한 때를 보내었다. 그러기를 몇 시간, 슬슬 해가 저물어가기 시작한다.

"이제 돌아가자. 엄마가 기다릴 거야."

"알았닥."

둘은 손을 잡고 집으로 향했다. 집에 다가가자 먼저 주희가 쪼르르 앞으로 달려갔다.

"엄마아!"

바로 그 때.

담벼락에 숨어있던 각성자가 주희를 낚아챘다. 덩치가 큰 각성자에 비해 주희는 너무나도 작았다.

"으아아앙……."

갑작스런 충격에 놀란 주희는 크게 울어버렸다. 멀찍이서 그 장면을 본 뭉크도 크게 놀랐다.

"저건 뭐야?"

"데몬인거 같은데? 그런데 덩치가 작군."

"그래도 조심해야 돼. 잘못했다간 앗 하는 순간에 당한다고."

나머지 각성자들이 뭉크에게 관심을 나타냈다. 그들은 날카로운 무기를 꺼내고 뭉크를 도륙낼 생각이었다.

마찬가지로 뭉크도 그들의 살기를 느낄 수 있었다. 겁이 많은 뭉크는 이내 작은 손으로 머리를 감싸면서 말했다.

"뭉크는 약하다. 해치지 말아라."

그의 말은 또렷이 각성자에게 들렸다.

"어? 방금 들었어?"

"그래. 저 괴물이 방금 사람 말을 하잖아."

여태까지 수 많은 데몬을 사냥했지만, 사람 말을 하는 존재는 없었다.

"대장에게 데려가 보자."

"그래."

각성자 하나가 뭉크에게 다가갔다. 그는 단번에 뭉크의 목을 쥐고 들어올렸다.

"켁…. 켁…."

뭉크는 숨이 막혀했지만, 그 각성자는 개의치 않았다.

"이것 봐. 뒤뚱거리는 모습이 완전 광대 같군."

"그래. 하하하……"

뭉크의 움직임이 우스꽝스러운지 일행은 한바탕 웃어 넘긴다.

이윽고, 그들은 주희와 뭉크를 집안으로 데려갔다.

"대장님. 신기한 것을 발견했습니다."

그들은 쳉에게 뭉크의 모습을 보여주었다.

"이 놈이 사람 말을 할 줄 압니다."

"그게 무슨 씨나락 까먹는 소리인가?"

챙은 그들의 말을 믿을 수가 없었다. 데몬은 짐승에 불과한 존재다. 그들과 말이 통하는 것 자체는 있을 수 없는 이야기다.

"아닙니다. 분명 말을 한다니까요."

부하는 뭉크에게 윽박지르기 시작했다. 더불어서 손을 들고 그를 때리려고 했다.

"어이 괴물. 아까처럼 말을 해봐. 어서!"

그의 호통은 효과가 있었다.

"뭉크 말한닥. 제발 때리지 말아락."

챙은 혀를 내둘렀다. 그의 말대로 이 조그만한 데몬은 말을 지껄일 줄 아는 것이었다.

바로 그 때,

가족과 함께 있던 주희가 달려들며 소리쳤다.

"뭉크. 괴롭히지 마!"

그 작은 몸에서 어떻게 그런 용기가 난 건지 알 수는 없었다. 하지만 그것은 오히려 각성자를 화 나게 만들었다.

"이건 뭐야?"

각성자가 보기에 주희는 열등한 비각성자에 불과했다. 평소 선민 의식에 쩔어있던 그는 어린아이인데도 불구하고 가차없이 발길질을 해버린다.

퍼억!

주희의 몸은 단번에 공중을 날았다. 그리고 둔탁한 소리와 함께 벽에 부딪힌다.

"주… 주희야!"

주희의 부모는 소리를 지르며 그녀에게 다가가려 했다. 하지만 도중에 다른 각성자에게 제지당하고 만다.

"이게 쌍으로 지랄이네."

오히려 거칠게 따귀를 맞고 있다. 일반인에 불과한 그들이 각성자의 힘을 당해낼 리가 없었다.

"주… 주희야."

어머니는 울먹이면서 움직이지 않는 주희를 바라볼 뿐이다.

그 시각.

뭉크는 큰 눈으로 그것을 바라보았다.

"……."

주희는 꼼짝도 하지 않았다. 큰 부상을 당해서 기절을 한 것인지, 아니면 상상도 하기 싫은 어떤 일이 일어난 건지.

알 수가 없었다.

부들부들…….

뭉크의 몸은 쉴새없이 떨린다. 그것은 소중한 것을 잃을지도 모른다는 공포였다. 여태까지 느껴보지 못한 새로운 감정에 뭉크는 제정신을 차릴 수가 없었다.

"저거 왜 저러냐?"

"저도 모르겠습니다."

뭉크의 마음속에는 수만가지 생각과 대화가 오가기 시작했다.

'나는 약하다. 그래서 그녀를 잃었다.'

'아니다. 그건 어쩔 수 없는 일이다.'

'그건 개소리다. 약한 것은 충분히 죄다.'

'대가를 치러야 한다. 다시는 그녀를 보지 못할 것이다.'

'너는 외톨이다. 나는 외톨이다.'

일순 뭉크의 마음이 텅 비어버렸다. 그리고 그 안을 채우는 것은 거대한 분노의 소용돌이다.

"크그그극."

뭉크의 입에서 요상한 소리가 새어나왔다. 뒤늦게 각성자들은 뭉크의 변화를 알아차렸지만, 대응하는 것이 늦고 말았다.

"크아아아!"

어마어마한 소리가 뭉크의 입에서 튀어나온다.

"뭐… 뭐야?"

엄청난 위압감에 쳉을 비롯한 각성자는 뒤로 물러나고 말았다.

빠지지직….

뭉크의 몸을 감싸고 있던 표피에 금이 가기 시작했다. 동시에 그 사이로 찬란한 황금빛이 새어나오기 시작했다.

"빌어먹을! 저 놈이 뭔짓을 하기 전에 막아."

챙이 뒤로 물러나며 명령을 내렸다. 불현듯 드는 불안감은 그의 맘속에서 점점 더 커져간다.

챙의 부하들은 각자 무기를 들고 뭉크에게 다가갔다. 그리곤 빛을 발하고 있는 데몬을 향해 서둘러 무기를 휘둘렀다.

텅!

"어라?"

날카로운 도를 휘두른 자가 얼빠진 소리를 냈다. 예상과 반대로 무기가 튕겨나온 것이다. 오히려 그는 반탄력에 의해 무기를 놓칠 뻔 했다.

텅! 텅!

그것은 다른 이들도 마찬가지였다. 뭉크는 그 자리에 가만히 있었지만, 그 어느 공격도 그를 상처입히지 못 했다.

부스스스……

그의 몸을 감싸고 있던 표피는 점차 떨어져 나가기 시작했다. 그에 더해 뭉크의 몸집도 곱절로 커져갔다.

"크롸라라라라!"

애벌레에 불과했던 뭉크의 모습은 완벽히 뒤바뀌었다.

기다란 목, 푸른 빛의 비늘, 머리에 솟아난 뿔. 그것은 데몬이 아니라 오히려 신수의 모습이었다.

"마… 말도 안 돼."

너무 극적인 변화에 챙은 입을 쩌억 벌렸다. 하지만 그걸로 끝이 아니었다.

"크르륵……."

뭉크의 입안에서 화염이 일렁이기 시작했다. 새하얀 눈동자에서 새어나오는 빛은 각성자들의 심성을 제압하는 효과를 불러일으켰다.

"으… 으……."

하지만 오히려 더욱 발악을 하면서 달려드는 자도 있었다.

"주… 죽어!"

방어를 도외시한 공격이었다. 이대로 있다가는 죽은 목숨이라고 여긴 그의 발악이다.

화르르륵!

허나 그에게 돌아가는 것은 고온의 화염이었다. 입에서 뿜어져 나오는 그것은 깨끗하게 그의 몸을 태워버린 것이다.

"……."

비명도 없었다. 그리고 불이 다른 집기에 옮겨 가지도 않았다. 정확히 그 각성자만 불태우고 사라져버렸다.

'맙소사…….'

'저런 데몬은 난생 처음 봐!'

모두가 아연실색하는 와중에도 뭉크는 고고히 그들을 내려다보았다.

뭉크는 순식간에 막강한 힘을 얻게 되었지만, 전혀 기뻐하는 내색은 없었다. 오히려 그 어느때보다 슬픈 눈빛을 하고 있었다.

'도… 도망쳐야 해.'

챙은 눈치가 빠른 편이었다. 그는 곧바로 등을 보이고 도망치기 시작했다. 하지만 뭉크는 그것을 놓치지 않았다.

화르르륵….

일직선으로 날아간 화염은 챙을 그대로 집어삼켰다. 전과 마찬가지로 시체 한조각도 남기지 않고, 그를 불살라버리고 말았다.

그것은 매우 압도적인 무력이었다. 두 번의 사례를 지켜본 나머지 각성자는 꼼짝도 할 수가 없었다.

'움직이면 죽는다.'

Part 149 : 재회

"크르르르……."

뭉크는 그들을 모두 죽여버릴 작정이었다. 아무리 생각해도 살려줄 이유를 찾기 어렵다.

그렇게 실행을 옮기려는 찰나, 이변이 일어났다. 꼼짝도 하지 않던 주희가 움직였기 때문이다.

그 순간, 뭉크가 움직였다. 그는 몸이 무척 커졌지만, 허공을 날아다니고 있어서 오히려 재빨라졌다.

샤아아악.

그는 빠르게 주희를 살폈다. 부상을 입었지만, 아직 숨은 붙어있었던 것이다. 뭉크는 그녀의 곁에 서서 주변을 노려보았다.

그리고는 낮게 말했다.

"꺼져라. 다시 눈에 보이면 모두 불태워주겠다."

날카로운 말투로 씹듯이 뱉어낸다. 예전처럼 더 이상 말끝에다가 끌리는 음성이 사라졌다. 그는 고위 악마들처럼 자신의 의지를 직접 그들 머리에다 속삭인 것이다.

끄덕끄덕.

나머지 각성자들은 고개를 끄덕인다. 이대로 모두 죽을지도 모른다고 생각했다. 헌데 뭉크가 그들에게 살 길을 마련해주었다.

후다닥……

그들은 곧바로 출구로 뛰어나갔다. 그러다가 자기들끼리 부딪혀서 바닥에 쓰러지는 경우도 있었다. 여튼 그들이 흩어지는데에는 오랜 시간이 걸리지 않았다.

뭉크는 고개를 돌려서 주희를 바라보았다.

"으응……"

그녀는 작게 신음을 흘린다. 하지만 뭉크는 어떻게 해야 할지 감이 잡히지 않았다. 방금처럼 불로 사람을 불태우는 것은 가능하지만, 사람을 낫게 하는 방법은 알 수 없었다.

그는 고개를 돌려서 주위를 바라본다. 멀지 않은 곳에, 겁에 질린 표정으로 떨고있는 두 명의 남녀가 보였다. 주희 때문에 도망가진 않았지만, 뭉크를 보면서 두려움에 떨고 있는 주희의 부모들이었다.

"……."

그것을 깨달은 뭉크는 슬픈 표정을 지었다. 그리고는 구슬픈 목소리와 함께 물러나가려고 했다. 자신이 없었다면, 주희는 다치지 않았을 것이다.

모든 문제가 자신에게 있는 느낌이다. 이대로 영영 사라지는 것이 주희나 다른 이들에게도 도움이 될 것 같았다.

그렇게 여기고 나가려는데, 주희의 입에서 한 마디 음성이 새어나온다.

"뭉…크……."

개미보다 작은 목소리지만, 그 곳에 있던 사람은 모두 들을 수 있었다.

"가지 마."

뭉크는 뒤를 보았다. 그리고 거기에는 작게 눈을 뜬 주희가 자신을 보고 있었다.

깨어난 주희를 보고 부모들도 그녀에게 다가갔다. 그리고는 자신의 딸을 껴안는다.

큰 부상은 아니었다. 잠시 정신을 잃은 정도에 불과한 것이었다.

"나… 나는……."

뭉크는 망설였다.

주희는 부모의 도움을 받아 자리에 일어설 수 있었다. 그녀는 천천히 뭉크에게 다가갔다. 그리고 말했다.

"헤에…… 뭉크. 키가 커졌구나. 이제 나보다 훨씬 크네."

"……."

주희는 손을 내밀었다. 뭉크는 움찔했다. 그의 입에서 화염 한 줄기가 흘러나왔다.

그것을 본 주희는 움츠려든다. 상황은 바뀌었다. 더 이상 예전의 그 뭉크는 아니었다. 뭉크는 자신을 억누르던 껍질을 깨버렸다. 그리고 지금은 데몬 프린스가 되었다.

뭉크는 이대로 떠나려고 했다.

바로 그 때, 누군가 등 뒤에 자란 갈기를 잡는 이가 있었다.

바로 주희였다.

"가지 마."

"……."

"나랑 같이 있어줘. 우리는 친구잖아."

어린 아이의 말이지만, 그것은 뭉크에게 구원과 같았다.

둥둥 떠다니던 뭉크는 바닥에 착지했다. 그리고 몸을 낮추기 시작했다. 이윽고 뭉크와 주희의 눈 높이가 같아졌다.

"맹세할게. 늘 너를 지켜줄게. 무슨 일이 있어도, 설사 내 목숨이 다 하는 날이 오더라도."

주희는 손을 뻗었다. 그리고 까끌까끌한 그의 머리를 만져주었다. 뭉크는 그 따뜻한 느낌에 눈을 감고 말았다.

⚜

 강혁준이 변방에 도착하는데는 제법 시간이 걸렸다. 이 윽고 그는 소문의 현장에 도착할 수 있었다.
 "기다리고 있었습니다."
 주작 클랜의 간부 하나가 혁준을 맞이한다. 강혁준이 오기 전에 파견된 인물이었지만, 그는 상황 타개에 아무런 도움이 되지 못했다.
 "그래. 무슨 일이 있었는지 설명해봐."
 강혁준은 의자에 몸을 뉘이며 말했다. 그는 여전히 오만한 태도를 유지했다. 하지만 간부는 거기에 아무런 태클을 걸 수가 없었다.
 '그럴 만한 자격이 있으니까.'
 강혁준은 홀로 군단을 상대할 수 있는 자다. 몇몇 인물은 그를 가리켜 S급 각성자라고 추측하고 있었다. 실상은 그것도 낮게 잡은 능력치였지만.
 "알겠습니다. 얼마 전에 적월 소속의 각성자가 이곳에 흘러들었다고 합니다."
 "패잔병들이군."
 "네. 그렇습니다. 계속 해서 이야기하자면, 그들은 식량을 얻을 요량으로 마을에 숨어들었다고 합니다."
 "그래서?"

"정체불명의 데몬에게 쫓겨나고 말았답니다. 그런데 이제부터 믿기 어려운 내용입니다만."

그는 소매로 이마의 땀을 훔쳤다. 지금부터 할 이야기는 누가 들어도 믿기 어려운 것이기 때문이다. 괜히 거짓말하지 말라면서 호통을 들어도 할 말이 없다. 하지만 그는 사실대로 말했다.

"그 데몬이 저 조그만 마을의 수호신을 자처하고 있습니다. 저희 각성자가 들어갈라치면, 어떻게 알고 달려와서 모두 쫓아내버립니다."

"흐음……."

강혁준은 흥미로운 표정을 지었다. 데몬은 거의 짐승이나 다름없다. 배가 고프면 인간을 사냥했으면 했지, 보호해줄 일은 없었다.

"다행스러운 점은 사상자가 생기지 않았다는 겁니다. 하지만 도저히 저희의 힘으로 그 데몬을 상대할 수 없었습니다."

간부는 나름 주작 클랜의 엘리트다. 그런 그의 반응을 보아, 그 수호신을 자처하는 데몬이 얼마나 막강한지 짐작 가능하다.

"좋아. 잘 알았다. 나머지는 내가 해결하지."

강혁준은 깊은 호기심을 느꼈다. 이미 마음을 먹은 그는 곧바로 행동에 나섰다.

그곳에서 마을은 멀지 않았다. 멀찍이서 경비 태세를 취하고 있던 주작 클랜의 병사를 볼 수 있었다. 그들의 표정에서는 막연한 두려움이 느껴진다.

이미 오고 간 말이 있어서인지, 길을 막는 이는 없었다.

한가하게 산책하듯 걷는다. 여태까지 들은 정보에 의하면, 그 수호신이라는 데몬은 몸소 자신을 맞이하러 올 것이 분명하기 때문이다.

그리고 그것은 정확하게 들어맞았다.

"이곳은 아무도 들어오지 못한다. 기회를 줄 테니 얼른 사라져……."

유려한 곡선을 그리는 몸통, 등 뒤에 자라난 하얀 갈기, 머리에 솟아오른 높은 뿔.

보는 것만으로 신비한 분위기를 자아내는 뭉크다. 멋지게 등장해서 침입자를 쫓아내려는데, 뭔가 낯 익은 인물이 서 있었다.

"너 혹시 뭉크냐?"

그건 강혁준도 마찬가지다. 어떤 존재가 기다리는지 내심 기대하고 있었다.

비록 뭉크가 변이를 하면서 데몬 프린스로 그 등급이 올라갔지만, 기감이 뛰어난 강혁준은 그가 뭉크임을 곧바로 알아챘다.

"딸꾹……."

너무 놀란 뭉크는 그만 딸꾹질까지 하고 말았다.

"어떻게 여기에 있는 거지? 분명 어비스에 남아있으라고 했잖아."

"거기에는 많은 사연이 있다."

땀이 뻘뻘 흐른다.

강혁준은 그 자리에 주저 앉았다.

"뭐 시간은 많으니까. 어떻게 된 건지 들어나볼까?"

혁준의 표정은 단호했다. 뭉크는 기 죽은 얼굴로 여태까지 있었던 일을 설명했다.

"그러니까. 고작 맛있는 걸 먹고 싶어서 넘어왔다?"

끄떡끄떡.

"어휴……."

강혁준은 한숨을 쉬었다.

지상은 오히려 위험하다. 어비스는 강혁준에 의해서 평정되었지만, 지상에는 아직 수많은 다툼이 예약되어 있었다.

뭉크는 은근슬쩍 혁준의 눈치를 보았다. 그가 비록 데몬 프린스급이 되었다 하더라도 강혁준 앞에서는 하룻강아지나 마찬가지다.

"어쩔 수 없지."

강혁준은 이내 복잡한 마음을 털어버렸다. 이미 어비스로 통하는 포탈은 굳게 닫혔다. 그것이 열리려면 5년의 시간이 필요하다.

"예전처럼 내가 보호해줄게."

강혁준은 손을 내밀었다. 손이 많이 가지만 강혁준에게 있어서 뭉크도 소중한 이였기 때문이다. 다만 뭉크는 망설인다.

"미안하지만 내가 지켜야 할 이가 있어."

뭉크는 주희를 떠올리며 말했다.

"아 마을 사람들 말하는 건가?"

끄떡.

"그거라면 걱정할 필요 없다. 요 며칠 이곳에 접근한 인간들 알지?"

"그들이라면 안다. 내가 쫓아버렸으니까."

"주작 클랜이라고 하는데, 거기 대장이랑 친한 사이거든. 믿을만한 존재니까. 걱정 안 해도 돼."

"정말이야?"

"그래. 너 혼자서 그 많은 사람을 보살피는 것은 불가능하잖아."

강혁준의 말 대로다. 시간이 갈수록 식량이 부족해지고 있었다. 요근래에는 사냥할 동물도 거의 씨가 말라버렸다.

슬슬 걱정이 될 찰나, 강혁준의 제안은 너무나도 고마운 것이었다.

"고맙다. 너에게는 늘 신세만 진다."

뭉크가 고마움을 표현한다. 강혁준은 그의 머리를 만지면서 말했다.

"당연한 거야. 당연히 해야 할 일."

✤

주작 클랜의 간부는 조마조마한 심정으로 마을쪽을 바라본다. 지금이라면 강혁준과 그 데몬이 맞붙고도 남을 시간이었다.

"너무 조용한데요?"

부하 하나가 침을 삼키며 말한다. 그가 말한대로 지금쯤이면 사단이 나도 한참 전에 벌어져야 한다.

"알고 있다. 어쨌든 모두 긴장을 풀지 않도록."

그의 말에 주작 클랜원들은 각자 준비를 한다. 어쩌면 데몬이 이곳을 향해서 도망올지도 모른다. 혹은 그 반대의 결과가 일어날지도.

어찌 되었든, 곧 일어날 일에 대해서 마음의 준비를 한다. 하지만 그들이 예상했던 소란은 일어나지 않았다.

"어라?"

그들 중 하나가 놀란 표정으로 말했다. 머지 않은 곳에서 위압적인 존재를 드러난 데몬이 보였던 것이다. 다만 그는 전혀 예상치 못한 장면을 보게 되는데……

"그르르르……."

커다란 데몬은 마치 애완동물이라도 되는 듯이 강혁준 주위를 맴돌고 있었다. 가끔 애교라도 부리는 듯이 강혁준의 가까이 가서 부비된다.

"맙소사!"

"내 눈이 고장난 건가?"

한바탕 싸움을 준비하고 있었는데, 그들을 기다리고 있던 것은 여유롭게 산책을 하고 있는 인간과 데몬 프린스였던 것이다.

간부는 일단 손을 저었다. 부하들에게 공격을 하지 말라는 뜻이다. 그리고 앞장서서 강혁준에게 달려갔다.

"혁… 혁준님?"

"아! 수고하는군."

혁준은 손을 들어서 그를 맞이한다.

"이게 어떻게 된 일입니까?"

주작클랜의 간부는 무시무시한 데몬을 곁눈으로 보면서 말했다.

"사실 별일 아니었던 것이지. 소개하지. 여기는 내 친구 뭉크다."

강혁준은 데몬을 가리켜서 친구라고 불렀다.

"친구라구요?"

"그래. 나라고 생각하고 각별히 대하라고. 알았지?"

간부는 뭉크를 보았다.

씨익…….

뭉크 딴에는 친밀감의 표시였다. 하지만 간부는 왠지 그 눈빛이 디저트를 보고 입맛을 적시는 걸로 보였다.

'허어……. 내가 감당할 수 있을까?'

강혁준은 이내 말했다.

"아 그리고 마을 사람들도 이주하는데 찬성했다. 기존 계획대로 진행하면 될 거야."

"그… 그건 다행이군요."

"하지만 일을 처리하는데 꼼꼼하게 하는 게 좋을 거야. 마을 사람들 중에는 뭉크가 아끼는 이가 있거든."

"물론입니다. 최대한 안전하게 모시도록 하겠습니다."

간부는 고개를 크게 끄덕이면서 말했다.

〈7권에서 계속〉